三民叢刊 288

走出荒蕪

楊明 著

三民書局 印行

走出荒蕪（代序）

楊明

這一本集子裡收錄的短篇小說，是我陸續於一九九七年到二〇〇二年之間的作品，長達六個年頭，一本小說集子怎麼會這麼久才完成？實在是自己在這六年間除了寫小說之外，還忍不住嘗試些其他的事，像是一邊旅行一邊寫旅遊報導，像是寫作生活雜文，像是修文學碩士，像是搬家，而這些事都是既費心又費力的。

重新整理這本書稿，當時寫作這些故事時的心情重又一一浮現，寫〈地板下的日記〉時，還住在和平東路二段，我的黑色書桌正對著窗子，秋涼時節伏案而書，就能讓人覺得安心，原本希望能將這個故事擴充成中篇小說，終於還是沒能完成。〈南十字星〉也差不多是那段時間的作品，但是寫作的心情卻要寒涼一些，也許因為季節吧。

本書收錄的小說中，〈臺九線盡頭〉是我最偏愛的一篇，那是和老公旅行時，沿著臺九線一路往南行時，突然出現在腦中的故事，由楓港回到臺北後，一口氣完成的短篇小說，重讀時，我依然喜歡那種感覺，生命的荒謬，以及處處可能發生的驚喜。

〈愛的出口〉、〈忘了還有愛〉和〈布魯日情迷〉是二〇〇〇年搬家後的作品，早晨，陽光透過後陽臺探進臥房，醒來後，吃過烤吐司麵包夾起士，喝完一杯咖啡，然後轉到房屋另一側的書房寫稿，對自己說故事，徘徊在故事中的愛情，至今依然讓人牽腸掛肚。

〈單身女子聊天室〉是二〇〇二年的作品，也是本書中最後一篇完成的作品，這是一次非常快樂的寫作經驗，有點像個喋喋不休的人，對著自己與高采烈的說著話，說著說著，自己忍不住比手畫腳起來。

六年來，因為想做的事太多，快速的生活節奏常讓人覺得心情變形，靜下心想想，自己想做的事很多，但是最喜歡的是什麼呢？是寫小說，寫小說讓我快樂，也讓我平靜，雖然因為各種不同的原因，我還是忍不住會做些其他事，但是很幸運的，我沒有忘記寫小說的快樂，我一直覺得這是上天對我的一種眷顧。快樂，對現代人而言，有時是一種奢侈的情緒，我卻擁有了許多年，希望還能繼續擁有，也希望能和你一起分享，在這個不是太好但也不是太壞的時代，走出心情的荒蕪，尋找到快樂與平靜。

走出荒蕪

目次

2 蕪荒出走

地板下的日記

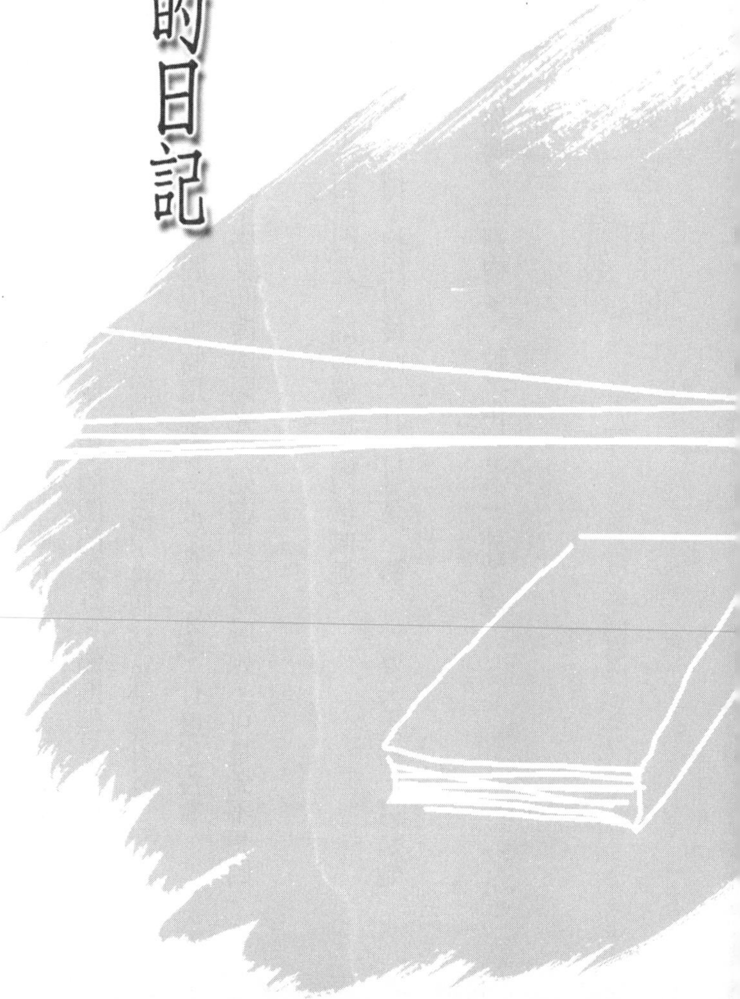

再過一個星期，學校就要開學，夏天也快結束了。芳華坐在臺階上喝一瓶可樂，她像所有年輕女孩一樣，怕胖，但是又無法抗拒零食的誘惑，她發現喝汽水可以讓人吃不下東西，二氧化碳撐得胃滿滿的，像一隻飽脹的氣球，飽脹但是空虛。

說穿了，芳華覺得自己的人生也是這樣，雖然她才十七歲，暑假結束就要升高三了，但是她總覺得她的生活被一些絲毫不重要的事物填塞著，洩了氣之後，什麼也沒有。

芳華無聊的仰著頭，瞇著眼看榕樹葉隙間的陽光，她聽見外婆喊她，可是她不想回答，所以她裝著沒聽見。

「小華，吃飯了。」外婆走到屋門邊，隔著綠色的門紗喊她。

芳華不得不回頭，她站起身拍了拍屁股後面，其實臺階不髒，外婆天天掃，只是她已經習慣了這樣的動作。

「坐在那兒，蚊子不咬你嗎？院裡樹多，蚊子也毒。」外婆說。

「怎麼不找人來噴殺蟲劑？」

「太嗆人了，而且做人不應該趕盡殺絕。」

芳華笑了：「外婆，我們說的是蚊子吔。」

「都一樣。」

餐桌上放了三碟菜，只有芳華和外婆兩個人吃，每餐都吃不完。醬爆肉在暈黃的燈光下熠熠生輝，青江菜翠豔欲滴，芳華卻提不起胃口。

「你媽昨天打電話來，說會回來過年，還問你的功課，就要聯考了。」

芳華不語，她不高興自己被留在臺北，但是她也不想和爸媽去上海，她希望爸媽和她一起留在臺北，可是媽媽說爸爸要在上海發展事業，芳華已經上高中了，還是留在臺灣考大學比較好，反正有外婆照顧她。

「過兩天，你也打個電話去，免得他們惦記你。」外婆說。

「我不打。」

外婆望了她一會兒，說：「大人有大人的難處。」

芳華看不出他們的難處在哪兒，她草草吃了半碗飯，放下碗說了聲吃飽了，便回房了。

外婆家是一幢平房，至少有四十年歷史了，也許更老也說不一定，附近的矮房子早都拆了，蓋成七層或十二層的公寓，可是外婆說她不拆，至少在她閉眼前，她不拆，她在這間房裡生下芳華的母親，在這間房裡送走芳華的外公，她希望自己最後一段人生也在這間房裡度過。

芳華坐在牀沿，窗外的天還沒黑盡，像寶石一樣的藍，她無聊的甩著腳，一不留神，拖鞋給踢了出去，她赤著腳去撿，外婆家的地板是木頭的，不知道漆了多少遍，走路得輕輕走，不然會發出怪聲。芳華伸手到書架底下摸鞋，她摸到一塊翹起來不平的木板，地板太舊了，這房子再不拆，地板都要掀翻了，芳華這樣想，她用手試了試，果然一撥，那塊木板便掀了起來。

她趴在地上往書架底下瞧，太暗了，什麼也看不清，地板底下會不會有白蟻或蟑螂，她噁心的想。芳華把檯燈從桌上拿下來，電線的長度剛剛好夠拿到書架邊，她打開檯燈，六十燭光的燈泡讓她看見了一本藍皮本子，躺在那塊掀起來的木板下，是有人故意藏在那兒的，所以那塊木板本來就已經活動了，像是一個祕密的保險箱，她把本子拿出來，又把木板放回原處。

藍色的本子是一本日記，會是媽媽的嗎？芳華猜想，她住的房間以前就是媽媽的房間，她翻開日記本。

四月十日

升旗的時候，教官當著全校同學面前說，如果我再不穿制服，就不用去上學了。我真恨不得能立刻消失不見，我已經和叔叔說了好幾遍，我得有一套制服，叔叔說：「有衣服穿就行了。」這套大褂原本長到小腿肚，現在只到膝蓋了，離開家時，媽媽特別為我做的，我說：「做那麼大幹啥？穿起來土死了！」媽媽說：「你還會長啊！」原來那時候媽媽已經知道我一年、兩年是回不去的，那麼為什麼還要我跟著叔叔來臺灣呢？為什麼？我好想回家……

四月十三日

叔叔又帶回一大袋高麗菜，我們已經吃了好幾個月的高麗菜，都快反胃了，可是叔叔說高麗菜便宜。炒過的高麗菜放在便當裡悶一個早上都變黃了，我真怕同學看見我天天都帶高麗菜，可是怎麼樣能不讓人知道呢？便當蓋一掀，悶了一早上的味道就跑出來了。

早上，我在廚房裡裝便當時，住另一間房的美姨說：「又吃高麗菜啊！你正在長，營養會不夠的，你叔叔是個男人，不懂這些。」我聽了，突然好想哭，也顧不得禮貌，蓋上便當、抓了書包，就出門了。

四月十六日

今天是我進這所學校後最快樂的一天，我交了一個好朋友，在她面前，我不會那麼自卑了。她說她已經注意我好一陣子了，她穿的制服是用她爸爸的舊衣服改的，顏色不大對，但至少式樣有些像。她約我一起吃便當，我有些猶豫，還沒等我拒絕，她馬上說：「你的顧慮我明白，因為我也一樣。」原來她的便當天天都是煎豆腐，豆腐也便宜，只不過得天天上市場買，不然會壞，她說我們可以交換吃，這樣就有兩道菜了。

她的名字叫莊秀秀。

原來這不是媽媽的日記，也不是外婆的，因為芳華知道外婆是和外公一起來臺灣的，那麼這房子在外婆住進來之前，還有別人住過，芳華抬起頭打量著這間房間，寫日記的女孩也曾經住在這兒，這房子的歷史怕有半個世紀那麼久了。

芳華在日記本上找了找，同樣的字跡在扉頁上寫了一個名字：惠如，民國四十年。

這本日記是惠如寫的，民國四十年，距離現在已經四十六年了，現在惠如應該是個六十幾歲的老婦人了，芳華想，但是她和芳華一樣，爸媽不在身邊，只不過，惠如的爸媽是留在大陸，她來了臺灣；而芳華的爸媽是去了大陸，她留在臺灣，真是奇怪的人生。

7
地板下的日記

「小華，電話。」

芳華應了一聲，把日記本放在抽屜裡，木板放好，才出去接電話。

「華華，我在你巷口的麥當勞，出來一下，好不好？」小嫻在電話裡說。

「你又和你媽吵架了？」芳華問。

「你來再說。」

芳華放下電話，和外婆說：「我到巷口的麥當勞。」

「早點回來。」

「麥當勞十點半就打烊了。」

芳華穿著T恤、短褲，衣服也不換，套了雙便鞋就出去了。

小嫻坐在二樓靠窗的位置，已經替芳華點了一杯汽水。

「我老媽偷聽我電話。」小嫻氣得不得了。

「你不是有專線嗎？」

「她偷偷在她房裡裝了分機，我不知道。她每天不是防我爸交女朋友，就是防我交男朋友。」

「她知道你和小葉的事了?」

小嫻點點頭。

「全知道了?」

「應該是吧!」

「她一定快崩潰了。」芳華問:「你想,你媽抓到你爸和別的女人上牀打擊比較大,還是你和小葉上牀的打擊比較大?」

小嫻用吸管丟芳華,丟完又忍不住笑了起來。

「真羨慕你,老媽不在身邊嘮叨。」小嫻說。

芳華看了看小嫻,想起惠如和秀秀,秀秀的媽媽大概也來臺灣了吧!光衝這一點,她就比惠如幸福。

「明天去逛百貨公司,打三折呢!」小嫻說。

芳華搖了搖頭,她又想起惠如連制服都沒有,老師不知道要怎樣為難她了,不知道怎麼搞的,她老是想起那本日記。

「不想去?你的卡刷爆了?」

「沒有，只是不想去，我不像你有男朋友、有約會，穿什麼都差不多。」芳華敷衍道。

「你不能這樣想，就是沒有男朋友，更要打扮得漂漂亮亮，誰知道你喜歡的人哪天會出現在你眼前，你總不希望白馬王子對你留下的第一印象是很遜的吧！」

「小嫻，明年就要考聯考了吔，你如果考不上，你媽八成會把你送到美國去念書。」

「那也沒什麼不好。」

「小葉呢？你對他不是認真的？」

「現在是認真的啊！明年誰知道呢？」小嫻聳聳肩，一臉不在乎。

芳華有時候覺得自己愈來愈不了解小嫻，尤其是小嫻和小葉在一起之後，小嫻的人生似乎跨前了一大步，她知道了一些芳華還不知道的事。

夜裡，芳華翻來覆去睡不著，她從抽屜拿出惠如的日記本，扭亮檯燈，趴在牀上看。

四月二十日

美姨今天把箱子裡的衣服拿出來曬，說是怕會發霉，前一陣連著下了一星期的雨。正好我放學回來，美姨見了我，撈起一條黑裙子朝我身上比了比，問我：「好看嗎？」我說：「好看啊！」她就把裙子往我手裡塞，我不肯收，美姨說：「我胖了，不能穿了，白收著可惜，不如你拿去穿吧！」那條裙子雖然不是褶裙，但是冒充一下制服，老師在臺上還不至於一眼看穿，比起我現在穿的大褂好多了，至於襯衫，我也可以拿叔叔的舊衣服來改，這下可以鬆一口氣了。

四月二十七日

今天秀秀約我放學後去她家，我一直覺得和叔叔住一間房很局促，一共八席大的房間，坐臥起居全在裡面，晚上要睡覺了就用布簾隔成兩半，廚房、廁所是一屋子住的八個人共用。沒想到秀秀一家人竟然住在不到二十席的房裡，除了她的爸爸、媽媽，還有五個兄弟姐妹，廁所還不在屋裡，得穿過小巷子，我問她夜裡怎麼辦？一個人敢去嗎？她說晚上別喝水就沒事了。

五月一日

再過幾天就是我的生日了，離開家已經整整兩年了，我很想寫一封信給媽媽，可是叔叔說沒法寄，不但信到不了，反而會給大家找麻煩，媽媽知道我已經是個大女孩了嗎？和她一樣高了，也和她一樣漂亮。

五月三日

放學時，有個別班的男孩往我手裡塞了一封信就跑了，信上說想請我看電影，秀秀問我去不去，我說不想去，可是秀秀說有免費電影可看，幹啥不去？

如果要交男朋友，我總希望媽能看到，她以前常對我說以後嫁人，一定要嫁個心裡能想著你的人，有錢沒錢不要緊，她大概是怪爸爸在城裡做事，留她在鄉下陪爺爺、奶奶。

以前的女人似乎總和公婆、孩子在一處，芳華的媽媽可不願意，她說沒有夫妻分居兩處的道理，於是爸爸要去上海做生意，她也要去。芳華知道，媽媽是很能幹的，大學念的又是會計，但是她總覺得媽媽是在她和爸爸之間選擇了爸爸，因為媽媽也怕爸爸變心嗎？在上海交了別的女人，和小嫻的媽媽一樣？

第二天，芳華睡得很遲，餐桌上放著兩個煎包，是外婆買菜時順道帶的，早涼了，她沖了一杯咖啡，看見外婆在院裡晾衣服，芳華問：「你怎麼不叫我？」

「你的暑假沒幾天了，讓你多睡睡不好嗎？開了學每天都得六點鐘起來。」

「你忘了放辣椒醬。」芳華咬了一口煎包說。

「沒忘，吃太辣不好，我故意不讓他放。」外婆看了芳華一眼，問：「你喝的那什麼？」

「牛奶。」

「又騙我，是咖啡，我都聞到那味兒了。」

「好吧！是咖啡牛奶。」

「你還是個孩子，喝咖啡對身體不好，你再不聽，我跟你媽說。」

「告訴她有什麼用，她要在乎我，也不會留我一個人在這兒。」

「她是在乎你的，我是她媽，我知道。」

「那麼，她是我媽她知道我什麼了？連我喝什麼都得你告訴她，她才知道。」

五月六日

中午吃飯時，秀秀給了我兩顆白煮蛋，她對我說：「生日快樂！」這是我離開家後第一次有人記得我的生日，以前只有媽記得，她會悄悄在房裡煮碗麵給我吃，然後給我一點錢，去買樣自己喜歡的東西。我真沒想到除了媽之外，還有人會想起我過生日，我問秀秀蛋哪來的，她說買文具的錢省下來的，本來想買個小雞蛋糕，但是錢不夠，原本以為生日會過得很寂寞，沒想到秀秀給了我溫暖。

五月九日

吃晚飯時，我發現叔叔手上的金戒子不見了，我問他哪去了？他說當了。他離開家時帶出來的金首飾差不多都當了，但是從不見他贖回來過，這隻戒子原本他說要留著娶太太用的，現在也沒了。

五月十日

放學後，秀秀和我一起到電影院赴楊的約，楊看見秀秀有一點驚訝，但是並沒有顯得不高興，他很沉默，買了三張票，我們就進去了，看的是「芳華虛度」，秀秀嚮往轟轟烈烈的愛情，我只要兩個人真心相愛就行了，可是楊的鄉音好重，長得是還可以，一開口土死了。

芳華虛度？芳華默默念著，她的名字夾在其中，媽媽替她取名字時想到過嗎？她現在也有芳華虛度的感覺，馬上就要開學了，她連自己要念什麼科系都無法決定，也沒人能商量，外婆沒參加過聯考，你問她什麼是資訊系？什麼是公共關係系？她當然不知道，更別提環境工程、兒童福利之類的。

芳華想，如果爸媽在會比較好嗎？小嫻說不會，小嫻說她想念心理系，可是她媽叫她念國貿系，不然企管系也可以。小嫻為什麼想念心理系呢？她反問芳華：難道你不覺得人類的行為很難了解嗎？芳華不知道，她也不想了解別人，她只想了解自己就行了。

下午，天氣熱得很，攝氏三十四度的高溫，芳華接到小嫻的電話，說有話告訴她。

「去麥當勞嗎？」芳華問。

「那裡說話不方便。」小嫻另外說了一個地點，在信義路巷子裡。

芳華依照小嫻給她的地址找了去，芳華推門進去，張望了一遍，沒看見小嫻，正想找個空位坐下，聽見小嫻喊她。

「你幹嘛戴太陽眼鏡，我沒看出是你。」芳華問，就算外面太陽大，可是現在在室內。

小嫻並沒有因為芳華的話把太陽眼鏡摘掉，她指了指芳華面前的飲料，說：「喏，點給你的。」

芳華喝了一口，淡綠色的液體，喝在嘴裡有著濃濃的薄荷味和淡淡的可可味。

「這是什麼？」

「綠蚱蜢。」

「沒喝過，不過挺好喝的。」芳華又喝了一口，覺得自己像是愛麗絲，找到了喝了之後可以縮小的飲料。

「不要喝太猛，是酒。」小嫻說。

「酒？」

「雞尾酒，你需要。」

「我需要？為什麼？」

「華華，我懷孕了。」小嫻鎮定的說：「我要你陪我去拿掉。」

「小葉呢？他知道嗎？」

小嫻點點頭，說：「我們大吵了一架，我們都還是學生，我也知道我們不可能結婚，除了拿掉，也沒有更好的方法，但是我一見到他就氣，兩個人做的事，現在他沒麻煩，我有。」

「你沒有成年，醫生不會幫你做手術的。」

「我偷了我姐的身分證，我們長得有點像。」小嫻掏出來給芳華看。

「這……不太好吧！萬一出了什麼事。」

「不會的，我們還要一起考聯考呢！趁著還沒開學趕快把這件事結束了。」

小嫻倒是很果決，反而是芳華不知如何是好，三口兩口把綠蚱蜢喝了。

「我連診所都找好了，就在旁邊，我打電話問過，不用很多時間，就可以回家了，當是看一場電影吧！」小嫻的神情看不出來難不難過，隔著太陽眼鏡，芳華更覺得不了解她了。就當是看一場電影？芳華虛度嗎？

她們並肩走進位於二樓的婦產科診所，芳華真希望自己也戴了太陽眼鏡，如果有人看見她們，說不定以為來墮胎的是芳華呢！小嫻掛了號，候診室裡還有幾個女人，難道她們也是來墮胎的嗎？

「會不會你弄錯了？」芳華抱著一絲希望問。

「怎麼你和小葉一樣。」小嫻不耐的說。

芳華遂住了嘴，一會兒，護士出來喊名字，是小嫻姐姐的名字，小嫻站起身，她低頭望了芳華一眼，說：「至少你媽把你生下來了，你應該感謝她的。」

芳華怔怔的，她想小嫻心裡還是難過的。小嫻進了隔壁的房間，醫生究竟會對她做什麼？芳華胡亂想著，突然一陣反胃，她衝進洗手間，把剛才喝的綠蚱蜢全吐了，她沒法縮小了，但是，她還是原來的她嗎？

芳華用冷水洗了洗臉，鏡子中，她的臉色發白，用紙巾擦乾後，回到候診室，還沒等芳華回過神，護士小姐又出來喊了個名字，這麼快？芳華吃驚極了，她應該進去看小嫻嗎？她可以進去嗎？她完全不知道，也沒想到去問人，只是呆呆的坐在那兒，直到護士來問她：「你陪杜嫣來的嗎？」

「誰？」芳華疑惑的問。

「不是你啊！」護士抬頭估量著可能的人選，芳華想起小嫻的姐姐是叫杜嫣，連忙又說：「是，我陪她來的。」

「她就快醒了，一會兒她醒了，你叫她不要立刻起來，躺一下再起來，不然會頭暈。」護士遞了一包藥給芳華，芳華依照護士的手勢進了房間，小嫻正好張開眼睛。

「好了嗎？」小嫻微弱的問。

「好了。」

「這麼快?什麼感覺也沒有。」

「那就好。」芳華覺得自己簡直不知所云。

小嫻躺了一會兒,然後坐起身,並不覺得頭暈,只是麻藥似乎沒有全散,很想睡覺。

芳華扶著她,到馬路上叫車。

「你這樣子,能回家嗎?你媽見了會不會懷疑?」芳華問。

「她今天要十點才會回來,我先睡就沒事了。」

剛才進診所時還是白天,現在天已經黑了,真像是看完傍晚那一場電影,白天給人換成了黑夜。

「還有三天就開學了。」芳華若有所思的說。

「真沒想到夏天是這樣結束的。」

芳華拍了拍小嫻的手,她以為小嫻會哭,但是沒有,小嫻只是望著窗外流麗的燈火。

五月十五日

秀秀想考師範，不但念書是公費，畢了業也可以分發到小學教書，不用再靠家裡，我本來希望能念大學的，但是現在似乎也沒有別的路可走了，叔叔連最後一枚戒子都當了。

五月二十日

再過幾天就是端午節了，美姨今天在廚房洗粽葉，她說包點豆沙粽子，肉太貴了。美姨其實是有丈夫的，她說丈夫隨部隊先來了，可是她怎麼也聯絡不上，大家都安慰她別急，一定找得到的，可是大家心裡也都想，來不及到臺灣的部隊也是有的，時局一亂，什麼人對什麼事都沒把握了。

五月二十二日

叔叔突然叫我別怪我媽，不是她捨得讓我離開家，實在是擔心時局太亂了，我一個女孩在家給人欺負了，才讓叔叔帶我走，叔叔說：「本來你媽叫我連你弟弟一起帶走，是奶奶不肯，現在，你走了，你弟弟留下，究竟怎樣是好，怎樣是不好，叔叔也不知道。」

叔叔是喝了一些酒，才會說這些話的，其實我不是怪媽，我是想她。

五月二十七日

在校園裡遇見楊，總覺得有些尷尬，我是沒法喜歡他的，但是偏又看了他一場電影，秀秀說不喜歡就是不喜歡，有什麼好尷尬。

五月三十一日

離考試的日子愈來愈近，每天都念書念到很晚，如果能考上師範，叔叔的負擔就輕了。

昨天我夢見弟弟，他長得比我還高了，臉卻沒有變，是一個十歲孩子的臉，聲音也是，他說：「媽收到了你的信，說你就要回來了。」

芳華闔上日記本，惠如應該和她媽媽見面了吧！幾年前就可以去大陸探親了，惠如的弟弟大概也將近六十歲了，不知道他們見了面會是怎樣的光景，還認得嗎？

芳華走到餐廳，打開冰箱拿出一罐可樂，喝了一大口，可樂的辛辣刺激著她，她踢掉拖鞋，赤著腳在地板上走來走去，電話響了，沒有人接，外婆不在，響到第十二聲，對方還是不掛，芳華才接了，是小嫺。

「你還好嗎？」芳華問。

「比你猜想的好。」

「你還會和小葉在一起嗎？」

「不知道。」小嫻誠實的說。

「暑假就要結束了，如果你有一個心願可以實現，你的心願是什麼？」

「希望那件事沒發生。」

芳華知道小嫻指的是墮胎，她小心的問：「你後悔嗎？」

「沒什麼好後悔的，是你要問我有什麼心願的，你呢？你的心願是什麼？」

「我希望見到一個人。」芳華指的是惠如，但是小嫻不知道。

「怎麼？華華長大了，想交男朋友了。」小嫻打趣道。

芳華沒有解釋，因為她不可能見到惠如，她已經從這裡搬走四十幾年了，天曉得她現在住在哪裡，說不定根本不在臺灣。

外婆回來了，手上拎了一袋魚，紅的、黃的，外婆把魚連水一起倒進了客廳的玻璃缸裡，四公分長的小魚上上下下的游著，紅黃交錯得熱鬧，外婆回身看見芳華站在身後，說：「你看，我在市場買的魚。」

芳華蹲在魚缸前看，她突然問：「外婆，你來臺灣時幾歲？」

「二十一歲。」

「以後再也沒有見過你媽媽？」

「是啊！誰想得到會這麼久呢？」外婆嘆了一口氣。

「你想她嗎？」

「當然想。」外婆說，臉上看不出傷痛：「不過，我想我就快可以見到她了。」

芳華知道外婆指的是在另一個世界，可是她不知道該怎麼反應，就裝著沒聽懂，外婆緩緩捲起方才裝魚水淋淋的膠袋，丟進垃圾桶後，到水槽前洗米去了。

芳華還是蹲在魚缸前，因為水的折射，魚身顯得特別鮮豔，牠們游了一圈又一圈，缸太小了，牠們知道嗎？再怎麼游也只是在這裡面兜圈子罷了。

「小華，醬油用完了，你去便利店買一瓶，好不好？」

芳華應了聲，套上便鞋出去了，這是暑假的最後一天，芳華卻除了幫外婆到便利店買一瓶醬油外，沒什麼其他的事可做。

「小妹妹，這裡是二十一巷嗎？」一個老婦人喊住芳華。

「是啊！二十一巷，你要找幾號？」

「啊！樣子都變了，房子都不對了。」

「你要找幾號？」芳華又問。

「我不記得了，大概早拆了吧！四十幾年前的房子呢！」

「不一定呢！我家就是四十幾年前的房子。」芳華熱心起來了。

「真的？我以前住在這兒，像你這麼大的時候，我想來找一個以前的鄰居，也許找不到了，但是還是想來問問看。」

「我帶你去我家，我外婆在這兒住四十年了，也許她知道。」

芳華打量著眼前的老太太，她是惠如嗎？會這麼巧嗎？她簡直不敢相信，她帶老太太走到她家門口，老太太沒有認出這房子，那麼她不是惠如了，芳華有點失望，她掏出鑰匙打開門，扯開嗓子喊道：「外婆，有人想打聽四十年前的鄰居呢！」

外婆出來了，老太太問的人外婆不知道，大概早搬走了。

「不好意思，你們這房子左半邊是不是重蓋過？」老太太問。

「是啊！」

「那就對了，原本沒圍牆的，我以前住在這兒。」

「這麼巧？」外婆說：「天怪熱的，進來喝杯水吧！」

「不了，我要走了，以前的鄰居沒找到，看到以前住過的房子也很好，沒想到這房子還在。」

「住了四十年，捨不得拆。」外婆說。

老太太留戀的望著房子，但是她並沒有進來，反而和外婆說了再見，轉身走了，芳華跑進房間，拿著日記追了出來，喊老太太：「您等一下，您有東西忘了。」

老太太懷疑的望著芳華。

「這不是你的嗎？」芳華將日記本遞給老太太。

「這……天啊！這是我的。」老太太驚訝的說。

「你真的是惠如？」芳華衝口而出。

「你偷看了我的日記？天，真難為情。」老太太笑著說。

「我們住在同一個房間。」

「原來我把日記忘在這兒了，難怪我找不到。」

「你回家看你媽媽了嗎？」芳華忍不住問。

「我回去了，但是她已經過世了。」

芳華很想像外國人那樣說一句：「我很遺憾。」但她怔了怔，只說：「這樣啊！」

「太久了，沒有人會想到一分開竟然是這麼久呵！」老太太說，倒像在安慰芳華。

芳華點點頭。

「謝謝你替我找到這個。」老太太把日記本放進皮包裡。

芳華走回家，才進院裡，外婆便喊她：「你媽打電話來，快！」

芳華鞋也不及脫，三步兩步過去接了話筒，媽媽還是叮嚀同樣的話：「要用功哦！馬上聯考了，不要貪玩，不要看電視，要聽外婆的話，不要熬夜……」

「我知道。」芳華打斷了媽媽的話，她問：「你可不可以早一點回來，現在離過年還有半年呢！中秋節就回來好不好？」

媽媽似乎有些吃驚，她小心的問：「是不是外婆有事？她最近身體不好嗎？」

「不是，是我們都好想你。」

「這丫頭，這麼大了還撒嬌。」

「好不好？」芳華現在才明白，不僅是她想媽媽，外婆想女兒，其實媽媽也想她的媽媽和她的女兒啊！

「好，你聽話，什麼都好。」

放下電話，外婆瞪了她一眼，說：「你看，你踩得這些鞋印子。」

「媽就要回來了，那有什麼關係呢？」

南十字星

住在

雪梨市的 Southern Cross 旅館，莫力坐計程車時，嘴上交代司機的是 Southern Cross，心裡想的卻是 Southern Confort，前者是南十字星，相對於北半球的北極星吧！後者卻是一種酒，糖一樣甜的桃子威士忌，兩者怎麼也扯不上關係，充其量也只是都有「南方」兩個字，但是，人的聯想卻往往是漫無邊際的。

莫力這趟到雪梨其實只是去看看市郊一幢房子，如果沒有什麼問題，他會立刻開支票，明年他的妻子百慧就會先搬進去住。飛機在早上抵達雪梨市，原本他可以一下飛機立刻請表哥帶他去看房子，然後搭隔日一早的飛機回臺北，這樣的話，他只要在雪梨住一夜就行了，但是，他有十天的年假沒休，因此，既然來了，他決定在雪梨停留一個星期。

「乾脆到黃金海岸度假好了，雪梨以後你還得住上三、四十年呢！」表哥說。

可是莫力不想去黃金海岸，黃金海岸等百慧和娃娃來了以後，他可以帶她們一起去度假，至於雪梨，雖然他即將定居在市郊，但是獨自在這個城市居住，說不定這一輩子只有這一次機會。

因為有一個星期的時間，他告訴表哥不用請假帶他去看房子，等週末再去就行了。

「你一個人沒問題吧！」表哥在電話裡問。

「難得一個人，蠻自在的。」莫力回答。

「人結了婚就是這樣。」表哥說。

旅館是一棟八層樓的老式建築，也許他應該住在Holiday Inn，打開窗簾時他這樣想。窗子只能看到狹窄的天空，不過陽光很好，是那種適合貓曬太陽的天氣。他默默坐在窗邊吸菸，心裡想著如燕，他知道他會想起她是因為旅館名字的緣故，如燕喜歡喝 Southern Confort，加很多的冰塊，等冰塊慢慢融化了，那酒的甜味也被稀釋了。

莫力洗了臉，休息一下，喝了一杯房裡的即溶咖啡後，他覺得有點餓，由地圖上看，海德公園離他住的地方很近，他決定到公園散散步，順道在路上吃點東西。海德公園比他以為的還要近，以至於他在還沒來得及決定走進哪一家餐館前，便已經走進公園了。下午兩點半，反正已經過了用餐時間，他在公園買了一份熱狗麵包，坐在長椅上吃，如燕最喜歡吃潛水艇三明治了，厚厚的麵包用手抓著，她得極力張大嘴才能吃，蕃茄醬、芥末醬沾在她唇上，有一種說不出的性感，摻雜了童稚與貪慾。

不知道如燕現在過得怎麼樣，他已經整整一年沒有她的消息了。事實上，這一年來他也很少想起她，他們分手的時候，她對他充滿了怨怪，她不恨他，但是怨他，他知道，可是無法，他不能離婚，不只是因為他對如萁說的：「娃娃是無辜的，我不能讓她沒有父親。」事實上他知道，離了婚又怎麼樣，果真離了婚，他也不想再結婚了，但是如萁會肯嗎？最後的結果就是如萁變成了另一個百慧。

他已經知道了結果，又何必連累別人再走一遭。

老鄔知道莫力和如萁的事之後，便對莫力說：「你應該找一個有丈夫的女人，這樣叫做『雙外遇』，可以避免很多麻煩的。」

熱狗麵包吃下肚，莫力的饑餓感消失了，卻覺得有些無聊，像一個吃飽了飯不知道該做什麼的無賴。

這幾年，他一直忙著工作，很少休假，如萁還沒離開他的時候，曾經要求他陪她旅行一趟，他答應了，可是直到如萁負氣和他分手，他依然沒有實現諾言，他想，如萁後來已經明白了，他根本沒有能力，不只是離婚這件事，其他的事也一樣。

莫力坐在海德公園裡，曬了一會兒太陽，無聊的感覺驅使他在公園附近的市區逛了起來，他在百貨公司買了一條項鍊預備帶回去給百慧，項鍊垂著一枚蛋白石墜子，婚姻是可畏的魔障，因為無論何時何地你的妻子彷彿都在你附近，很難不想起她，就像現在，莫力很自然幫她買了一條項鍊，這樣的舉止是因為他愛她的緣故嗎？莫力認為倒不如說是因為他希望能暫時擺脫百慧，他證明了他的心裡是有她的，而且已經為她買了一份禮物，因此他可以心安理得的暫時忘記她。

但也只是暫時的。

傍晚，莫力在洛克區的一家小酒館裡喝了一杯紅酒，然後到牛津街的一家西班牙餐館吃了一大盤足夠兩個人吃的焗海鮮飯，他盡情的吃著盤子裡的蝦、魚，還有貝類，用橄欖油和起士烹調的，他不避諱膽固醇，膽固醇這個念頭一浮上莫力的心裡，百慧的警告也跟著浮現：「四十歲的人，要注意膽固醇，不然血管硬化就麻煩了。」

你懂嗎？就是像這樣，你的妻子無時不刻都在你的附近，莫力沮喪的放下叉子，餐館裡吉他演奏熱熱鬧鬧地鼓動每一個人的耳膜，深褐頭髮的領班過來和他說了一句話，他聽不清楚，胖胖的領班彎下身湊近他耳邊：「你不喜歡你的食物嗎？」

「我喜歡，只是太飽了。」莫力拍拍肚子。

領班很滿意他的回答，重新在他的杯裡添上白酒後，離開了。

莫力又晃盪了兩天，後來他決定去一個地方。

莫力在旅遊指南上看到一張海洋博物館的照片，人站在玻璃通道底下，玻璃通道外是湛藍的海水，還有鯊魚從他的頭頂游過。他決定去海洋博物館看一看，他知道等百慧和娃娃來了以後，他們還是要去的。玻璃通道裡成群結隊的日本觀光客，指著頭頂的魚吱吱喳喳的討論，莫力有些緊張，走在海裡面看魚他並沒有預期的興奮，反而覺得有些恐懼，那常常在國父紀念館上空飛行的魚形風箏，游在海裡時，搧動的身體帶有一種神祕的啟示，他呆呆望著，突然回身，決定快步走出去。

海洋博物館在海邊，他站在陽光下想了一下，便搭上往哈勃灣的船，歌劇院在哈勃灣，那棟建築物看在莫力眼裡，是頗具「吶喊」的意象，他現在需要。莫力坐在甲板上，一對老夫妻請他為他們在船上拍一張照片，老先生說他們是從美國來的，這是他們的蜜月，莫力笑了，說真羨慕他們結婚多年後還能再享蜜月的甜蜜，老先生笑著糾正他：「這是真正的蜜月，我們上個星期才結婚。」

「真的，恭喜你們。」莫力望著眼前這對已逾六十的夫妻，心裡有些迷惑。

「來，我也幫你拍一張。」老先生取下莫力的相機，指揮莫力站在船邊，老先生說：

「從這裡可以拍到哈勃橋。」

老夫妻坐在他面前不遠處，這可能不是他們第一次的婚姻吧！莫力這樣猜著，老鄔曾經和他說：「如果你有外遇，當你和你的情婦上牀，牀上不是兩個人，而是三個人；如果你的情婦是已婚的，那麼就更熱鬧了，牀上有四個人，以此類推，嘿！嘿！」莫力當時覺得老鄔說得太刻薄了，但對他而言真的是這樣，當他和如蕻在牀上，冷不防地，他一想到妻子，不是毫無興致，就是異常亢奮，都令他心虛。

如蕻喜歡喝 Southern Confort，加冰塊，有時也加檸檬或蘇打水，他喝過一次，結果醉了，醒來後，頭痛欲裂，他的酒量不如如蕻，甚至也不如百慧，這使得他懷疑在這一場三角關係中，他才是唯一的輸家。老鄔以過來人的身分對他說：「外遇沒關係，分得掉就好。」莫力苦笑了一下，他想老鄔是不會懂的。

船到了港口，莫力下船時，剛才拍照的老夫妻見是他，愉快的提醒他：「記得要帶你太太來。」

「我會的。」莫力擺了擺手。

下船後，他在歌劇院附近逛了逛，覺得有點餓，便在附近找了家兩層樓的小餐館，不是用餐時間，只有一樓開放，他要了一杯咖啡和一份雞肉派，他望著不遠的歌劇院，心裡想如果如黚在，一定不會放過這個機會拉他去看表演，她非常喜歡看各類藝術表演，平劇、歌劇、芭蕾舞、室內樂……莫力想得到的、想不到的，她都喜歡。

雞肉派送來了，他咬了一口，好燙，熱油流進他的口腔，附著在他的舌頭上，他喝了一口水，雞肉派聞起來蠻香的，但這會兒他吃不出什麼滋味了，他就坐在那兒，看著窗外來來往往的行人，有些女人有某些地方像如黚，有些像百慧，大部分誰也不像，只是同樣是女人而已，他慢慢嚼著涼了的雞肉派和咖啡。

週末，表哥開車來接莫力，帶他去看市郊的房子，是一幢平房，很大，隔了三間臥房，起居間、餐廳和客廳，開放式的廚房不適合中國人的烹飪，不過，反正百慧也討厭油煙。院子很大，鋪了草坪，莫力可以想見以後的每個週末他都推著剪草機將草坪修剪一遍，如果生的是個兒子，還可以指望他大一點時為了賺零用錢，也許願意幫他剪草，偏偏是女兒，不可能幫他剪草了。

「澳洲的陽光好，在臺北不會種花的人來這兒都會種了。」表哥說。

莫力點點頭，百慧大概會種三色菫或波斯菊吧！換作如黚則會種玫瑰，他呢？如果由他來決定呢？他會種什麼花？莫力竟然一點主意也沒有。

「這房子合意嗎？這可是我和你表嫂看了十幾處，最滿意的一處了。」

莫力從向北的客廳又走向朝東的臥房，三間臥房，一間可以當書房，客人來了，也可以充作客房，他說不上多麼喜歡這間房，但是也找不出什麼不要這間房的理由，他的整個人生都像這樣，對他而言，要了似乎不會更好，不要似乎也不會更糟。

就連和如燕分手，早一些時候和百慧結婚，似乎都並不是他下的決定，他只是順水推舟走到這一步。

「如果決定了，明天就可以約屋主簽約。」表哥說：「這裡離我住的地方也近，彼此有個照應。」

莫力點了點頭。

表哥伸手在莫力肩上拍了拍，大概是讚許的意思吧！

晚上，莫力在街邊用電話卡打電話給百慧。

「房子還好嗎？」百慧問。

「很好，你會喜歡，院子很大。」莫力說，一個穿著皮背心的男人從他身邊走過，他想起前天晚上他獨自去逛國王十字區，那裡算是雪梨的風化區，有表演脫衣舞的酒吧，他並不想看脫衣舞，只想到酒吧喝杯啤酒，可是街上一群怪吼怪叫的人讓他打消了這個念頭，他只走完一條街，便叫計程車離開了。

「你是後天的飛機回來嗎？」

「嗯！我給你買了一條蛋白石項鍊，給娃娃買了一隻無尾熊。」

「我們馬上就要搬過去了，買給我們幹嘛？送給姐姐好了。」

莫力沒有說話，這些事他是無所謂的。

電話卡的餘額講完了，莫力放下話筒，把抽出的電話卡丟進垃圾桶，商店大都打烊了，街道上十分冷清，他繼續走著，離國王十字區愈來愈近，也許他不去酒吧，只去吃塊披薩或者肉串。在街角，他看見一家賣酒也賣熱食的小店，他走進去，要了一份牛肉香腸和一杯啤酒，喝完一杯啤酒，他正好吃完那碟香腸，他又要了另一杯啤酒，原本坐在角落的一個年輕女孩走了過來，問他：「我可以和你一起坐嗎？」

莫力有些吃驚，但是他還是讓她坐下了，反正他喝完這杯酒就要走了。女孩長得很清秀，手上拿著一杯喝了一半的啤酒，坐下後她問他：「你不是本地人？」

「不是，我從臺灣來，後天就要回去了。」

「這樣子，一個人來嗎？」

莫力點點頭。

「我可以陪你，如果你願意付一些費用。」女孩盯著他，勇敢的說。

「什麼？」莫力更驚訝了，眼前的女孩大概只有二十歲吧！

「你放心，我不是職業的，我只是需要籌一筆錢，我沒有任何病。」女孩的態度堅定，她不像在為自己拉皮條，比較像學生為了成績和老師爭執。

莫力搖了搖頭，說：「你找別人吧！我有老婆、有女兒。」

「可是，你是今天晚上我遇到最正直的人，我必須考慮自己的安全。」

莫力覺得有些荒唐，因為他看起來正直，所以一個妓女找上了他，不，她說她不是職業的，所以也許不能算是一個妓女……莫力搖了搖頭，女孩的頭髮是淺棕色的，粉紅色的嘴唇和藍灰色的眼眸，不同於百慧和如蕻，也許這一回牀上可以只有兩個人，莫力和一個不知道名字的女人，不知道名字，她也就沒有性格，只是一個女人。

「只要兩百元。」

那是臺幣四千元，並不貴，酒精使莫力動搖，莫力厭煩了這幾日，他以為他可以獨自在雪梨住一星期，結果百慧和如蒹如影隨形的跟著他，無法擺脫。

「我不會糾纏你，做完了，我馬上就走。」女孩說。

莫力喝完杯中的啤酒，招呼侍者買單，他連女孩的帳也一塊付了，這對女孩而言是一種默許，她跟在莫力身後走了出去。

莫力沒有叫車，也許他希望女孩放棄跟著他，可是沒有，他走到了Southern Cross，女孩抬頭看看：「你住在這兒？」

「是的。」

「走吧！」女孩挽著他的手臂走進大廳，電梯門開了，他們走進電梯，莫力突然明白這是行不通的，電梯到了他住的樓層，莫力掏出一百元塞給女孩：「你回去吧！」

「為什麼？」

「你太年輕了，我沒有辦法做。」

女孩看了看他，輕輕笑了笑，把一百元還給莫力，說：「給我二十元的計程車錢就好了。」

莫力想堅持，可是女孩也很堅定，他不能讓電梯一直停在這兒，他只好收回一百元，又掏出兩張十元鈔票。

「再見。」女孩說。

莫力看電梯門闔了起來，女孩一個人下去了，百慧和如萁則及時跳出了電梯。他知道，如果他和女孩上牀，牀上會有四個人，至少四個人，嘿！嘿！他想起老鄔的笑聲，那時他以為老鄔是冷笑，現在想想，其實是自我解嘲。

嘿！嘿！在南十字星的走廊，莫力不覺也笑了起來。

臺九線盡頭

訊息

代號：3004，筑晴收起提款卡，將交易明細表翻過背面查看，3004的說明是「無摺取款次數超過規定，請至櫃臺補登存摺」，雖然她今天蠻倒楣的，但是現在倒有件運氣不錯的事，她剛好帶著存摺，可以立刻補登錄，解決身無分文的窘境。

筑晴走進銀行，拿了號碼條，等待人數燈號顯示的是2，今天的銀行並不擁擠，這算是另一件運氣不錯的事，不到三分鐘，筑晴已經站在櫃臺前，將存摺遞給銀行行員，其實，她只想提八千元，她知道海邊有一處不錯的度假飯店，房間的窗子可以看到海，她會開一瓶九二年份的白酒，慢慢的消磨一個午後，海濤聲和陽光對天天待在辦公室的筑晴是奢侈的，九二年則是她認識宇文的那一年，他們談了四年的戀愛才決定結婚，結婚不到兩年，宇文就有了外遇。

「你很久沒有來登錄了。」銀行行員說，他將存摺翻到下一頁，又放進了機器裡。

筑晴根本沒有留意行員說了什麼，這一整個月她的腦袋都處在混亂不堪中，一個月前，她以為自己雖然沒有什麼成就，但至少有個幸福的婚姻，她計畫著也該添個小寶寶了，沒想到就在這時候，宇文在外面的女人找上了門，告訴筑晴，她已懷了宇文的孩子，希望她成全他們。

筑晴起初不信，面對宇文的沉默，她不得不信了；筑晴又以為宇文會求她原諒他一時糊塗，他愛的依然是筑晴，宇文卻只說：「孩子的預產期在明年五月，總得給她一個名分，不然肚子大了，要她怎麼見人。」

「不許尖叫。」

筑晴聽見有人喊，她還來不及回過神，她的脖子已經被人硬生生的勒住了，一把槍正抵著她的頭。

「誰動我就開槍。」勒住筑晴的人大聲喊。

行員將裝滿紙鈔的袋子推出櫃臺，歹徒用拿槍的手一把勾住袋子，另一隻手依然沒有放開筑晴。有人搶銀行，筑晴終於明白了，她成了搶匪的人質，他不會帶她走吧！她想只要他一上車，大概就會推開她了。

歹徒勾著筑晴的脖子，很快的退出銀行，果然他的車就停在銀行門口，但是他並沒有像筑晴以為的，在上車時將她推開，反而將她拉上了車，裝滿了錢的袋子被拋到後座。

「開車。」搶匪命令道。

筑晴立刻發動車子，踩緊油門，剛啟動的車子立刻搶過一個黃燈，她依照搶匪的指示，一路開出了市區，經過新店進入山區，她猛然想起，這輛車是她的，搶匪不但挾持她作人質，還搶了她的車作逃亡的工具，警方該不會以為她是共犯吧！筑晴從沒開過這條路，她一向只在市區開車，從家到公司，從公司到家，偶爾開上高速公路，回在新竹的娘家。

到坪林時，筑晴已經漸漸從慌亂中回過神，她偷偷打量坐在身邊的男人，長得還算斯文，大概只有二十四、五歲。

「現在幾點?」搶匪問。

「十一點五分。」筑晴看了一眼腕錶。

「時間差不多。」搶匪自言自語，沒多久，他身上的行動電話就響了。他拿著話機只說了句：「好，我知道。」就收線了。

車子沿著山路繼續走，過了坪林，往礁溪的方向繼續開著，進入山區後，筑晴一直維持著時速七十公里。

「放慢一點。」

筑晴踩了踩煞車，儀表板上速度的指針由七十退向五十，她遠遠看見對面車道來了一輛銀灰色的車子，搶匪把裝滿錢的旅行袋塞給筑晴，按下電動窗。

「快，把袋子拿出窗外，給他們，那輛灰色的車。」

筑晴來不及思考，直覺的握住袋子，伸出窗外，在會車的一剎那，車速已減至時速三十公里，她手中的袋子立刻被拿走了。

「踩油門，加速。」搶匪說，他整個人靠向椅背，似乎鬆了一口氣。

「你搶銀行是受了別人的指使？」筑晴直覺的問。

「這不關你的事。」

「本來不關我的事，可是現在你在我的車上。」

「我勸你不要太多話。」搶匪拿出槍。

筑晴立刻安靜了，他說得沒錯，她是他的人質，不應該太多話的。

搶匪按下收音機，找到了新聞臺，收音機裡正在播報上午十點發生在羅斯福路的銀行搶案。

「在說我們吔！」搶匪故作輕鬆的說，可是筑晴看得出他其實很不安。

「我想我只是個配角。」筑晴隨口說。

「看從哪個角度來看囉，人質也可以是主角，也許你成功的脫逃，協助警方找到我，也說不定你搶到了槍，反過來挾持我投案。」

筑晴沒有搭腔，收音機裡正播報到被搶匪挾持的人質，顯然他們還沒找到搶匪的相關資料，記者說：「被挾持的沈筑晴今年三十歲，她的家人知道她被搶匪挾持後十分擔心，他們原本以為她在公司上班，不曉得她為什麼突然請了一天假，並且到羅斯福路的銀行去，那裡距離她的公司和住家都不算太近……」

「你叫沈筑晴。」

「對，你願意告訴我你叫什麼嗎？綽號也行。」

「你可以叫我小高。」

「你看起來很年輕。」筑晴說。

「你今天為什麼沒去上班？如果你去上班，就不會這麼倒楣在這裡作我的人質了。」小高岔開話題。

「心情不好，我不只是想請假，我根本就想辭職。」筑晴說。

他們已經離開山區，進入礁溪，路旁盡是溫泉旅館的指示牌，筑晴大學時代到礁溪玩過，那已經是十年前的事了，大學畢業後，每次旅行她都選擇出國，不然就在臺北近郊，臺灣的東部對她而言，已經十分陌生。

「你打算到哪裡？」筑晴問。

「我也不知道，沿著臺九線一路往下走吧！」

「沿著臺九線一路往下走，會到哪裡？」筑晴低聲自言自語。

「你說什麼？」

「沒什麼。」

「你餓不餓？」小高問。

「不餓，大概太緊張了。」筑晴說。

「我也是，不過，我想現在我們也不好大剌剌的去餐廳裡吃飯了，電視新聞可能已經播出你的照片和我的錄影帶了。」

「這樣嗎？」

「我搶了銀行，你沒忘記吧！」小高故意嘲諷的說。

「我有辦法。」筑晴在臺九線旁停下車，從置物箱裡拿出剪刀，先把過肩的長髮剪到耳下兩公分左右，再對著鏡子修剪出些層次，整個人看起來果然變了個樣。

「這樣別人就不會一眼認出我來了。」筑晴說，繼續開車朝宜蘭走。

「你為什麼要幫我？」小高不解。

「也許我不是幫你，而是幫我自己吧！」

「你本來請了假，想去度假嗎？」

「度假？」筑晴失笑道，至少她是要去海邊的度假飯店，也許勉強可以算度假吧！

「車子後座有個旅行袋。」

「我本來想去海邊，找家可以看到海的旅館住兩天，所以才去銀行提錢。」

「沒想到碰上了我。」小高點了根菸，問筑晴：「你要抽菸嗎？」

筑晴搖頭。

「你結婚了嗎？」

筑晴猶豫了一下，昨天宇文才拿出簽過名的離婚協議書，所以一時間，她不確定自己該怎麼回答。

「你戴著結婚戒指，應該是結婚了。」

「正在辦離婚。」筑晴說，說完後，她覺得舒服些，小高是第一個從筑晴這裡知道她要離婚的人，她不免感到荒唐，她對自己的朋友和家人都說不出口，她竟然告訴一個挾持她的銀行搶匪。

「為什麼？」

「我丈夫有外遇，那個女人懷孕了。」筑晴深吸一口氣，然後說：「管它的，給我一支菸吧！」

「長壽菸蠻濃的，你抽過菸嗎？」

筑晴搖頭，接過小高遞給她的菸，猛吸一口，立刻劇烈的咳了起來，連眼淚也嗆了出來，她的手握著方向盤，並不去擦眼淚，任由淚水往下流，宜蘭從車窗外往後退。

「哭出來舒服些。」小高沒想到她會哭，有些手足無措，抽了兩張面紙給她。

「我覺得自己好不值得，對於離開我，他一點眷戀也沒有，我……難道我很討人厭嗎？」

「不會呀！我覺得你很有味道。」小高說。

筑晴轉頭看了小高一眼，將沒吸完的半根菸丟出窗外，然後說：「謝謝你。」

「你渴不渴？待會兒前面有商店，可以去買個飲料。」小高問。

「誰去？你？還是我？」

「你去，我在車上等你。」

「你不怕我報警？」

「如果你想報警，就不會剪頭髮。」小高說：「不過，我們待會到羅東得另外租輛車，你這輛車應該已經被警方追蹤了，不能再開。」

「租車要看駕照，不就被發現了。」筑晴說，說完突然覺得自己完全失去了人質的本分，而像是搶匪的同夥。

「我這裡有張別人的駕照。」小高說。

呼叫器的嗶嗶聲響了起來。

「有人 Call 你，他一定沒看新聞，怎麼會有人 Call 被挾持的人質。」小高一邊說一邊伸手去拿筑晴的皮包，打開找出呼叫器，按出號碼唸給筑晴聽。

「你知道是誰嗎？」小高問。

「知道，我兩個月前委託一家仲介公司幫我找房子，那時候我還不知道我丈夫有外遇，大概是他們找到了我要的房子。」

「這是什麼？」小高在筑晴的皮包裡發現一個白色塑膠瓶，他看了看上面的說明：「安眠藥，這是安眠藥。」

筑晴不想解釋為什麼皮包裡有三十顆安眠藥。

「你不是要去度假，你到海邊是想自殺，對不對？」小高忍不住咆哮了起來：「我他媽的真是倒楣，銀行裡有那麼多人，我偏偏挑了個要去自殺的。」

「我想自殺，不關你的事。」

「本來是不關我的事，但是現在要是你死了，警方一定以為是我逼你吃藥，除了搶銀行，我又多了一項殺人罪，你這個女人很白癡吔！你老公有外遇，你就要鬧自殺，你以為這樣他就會回心轉意嗎？」

筑晴不語，她並不指望宇文回心轉意，她只是覺得沒有力氣再去面對未來。

「你又不醜，再找個男人，對你並不難啊！再說，沒有男人，難道你真的就活不下去……」

「對，我是白癡，為了男人自殺，那你呢？你聰明，所以你幫別人搶銀行……」

「你閉嘴。」小高拿出槍。

「你殺了我啊！反正我本來就想自殺。」筑晴賭氣說。

「你……」小高氣得不知道該說什麼，半晌，他收起了槍，說：「羅東到了，你找個地方把車停下。」然後戴上太陽眼鏡，沒有再開口。

他們換了一輛車，又買了新的衣服換過，重新上路，依然沿著九號省道一路往南走，經過蘇澳、南方澳、武塔、谷風、仁和、清水，在傍晚時，來到了花蓮。

「折騰了一天，你也該吃點東西。」小高說。

筑晴覺得自己有些虛脫，這幾天發生的事太多了，兩個人各自懷著心事，在路邊攤隨便吃了碗麵，桌上攤了份晚報，頭條新聞就是小高搶銀行的事，報上說他搶走二百多萬。

小高瞪著報上粗黑字體的標題，自言自語道：「超過二百萬就好了。」

「什麼意思？」筑晴抬起頭，報上有一小塊訪問宇文的文字，宇文求搶匪放了筑晴，筑晴想，放了她，好讓她回去簽離婚協議書，他還不如求搶匪殺了她，不是更容易些，大家都會同情他遭逢巨變，他也不用向雙方家人交代。

小高沒有回答筑晴的問題。

回到車上，小高顯得十分疲倦，他說：「我們找個地方住一夜吧！」

他們在市郊找了家汽車旅館，用別人的駕照登記住宿，櫃臺的人員可能主觀的認定他們是一對偷情的男女，所以根本沒有多加留意，筑晴拎著簡單的行李，跟在小高身後走往房間，她忍不住想，宇文和那個女人上牀也是在像這樣的地方嗎？

小高打開房門，房間不大，最醒目的自然是那張雙人牀。

「只有一張牀，希望你不介意。」小高說：「如果我要求二張牀的房間，他們可能會懷疑。」

「沒關係。」

「你要不要先洗澡？」

筑晴拿了換洗衣物進了浴室，忽然想起前一陣子報上報導過的針孔攝影機，奇怪的是，她並不怎麼在意，這樣的小旅館如果安裝了針孔攝影機也不是令人很驚訝的事，但在發生了這麼多事後，被偷拍也不算什麼了吧！也許以後還是會在意，但是這會兒，卻沒力氣擔心。

筑晴洗完，小高也進去洗，筑晴其實大可以趁這時候逃走，但是她不但沒走，反而靠在牀上看電視新聞，她也不明白自己為什麼不走，也許原本的自殺計畫被打斷了，她一下子還不知道接下來該怎麼做吧！

小高洗完澡出來的時候，電視新聞正在播報有人向警方指出搶匪的可能身分，一名男子看到電視播出的銀行錄影帶，畫面中的搶匪很像他以前的同事，據他指稱，他的同事名叫高志成，曾因為挪用公款五十萬元，被公司發現，因為公司要提出告訴，不得已向地下錢莊借錢，利滾利，很快就積欠了二百萬元，高志成很可能為了償還地下錢莊的債，鋌而走險。

「你叫高志成？」筑晴問。

小高沒有說話，只是一逕用毛巾擦拭剛洗過還在滴水的頭髮。

「你為什麼挪用公款？」筑晴關心的問：「你有困難？家裡有人生病？今天在坪林那輛灰色車裡的人就是地下錢莊的人？」

「我女朋友，她得了絕症，醫生說她只有三個月的時間，以前她一直說想去搭郵輪，不是航行到琉球那種，是在地中海上航行的，很藍很藍的天空，很藍很藍的海。」

「你為了帶她去坐郵輪，所以挪用公款？」
「我的錢不夠，可是我沒法等，她沒有時間了，而且那些止痛藥也並不便宜。」
「公司告你就告你，你不該向地下錢莊借錢，挪用公款的罪比搶銀行輕。」
「我並不怕公司告我挪用公款，我只是不想讓我女朋友在離開人世前發現我用偷來的錢帶她去旅行，我不想讓她走得不安心。」
「我懂。」筑晴用手指梳順小高凌亂且潮溼的頭髮。
「我不知道地下錢莊的利息增加得那麼快，沒多久就由五十萬變成幾百萬，前天，他們告訴我已經欠他們五百萬了，如果我不還錢他們會傷害我媽。」
「可是你從銀行搶的錢不到五百萬。」
「對，他們說今天能還二百萬，這筆債就一筆勾銷。」
「搶銀行是你唯一能想到的方法。」
小高點點頭，說：「我並不想挾持你，我只是太緊張了，我看見你把車停在門口，我想讓你開車，也許……」
「沒有關係，真的，我不怪你。」筑晴語無倫次的說著，她發現小高其實還只是個孩子，她小心翼翼的問：「你的女朋友……」

「上個星期走了。」

「至少她完成了心願。」

「以前她和我說要我陪她去旅行，我都沒放在心上，我想要旅行就等結婚蜜月時再去旅行吧！沒想到她根本等不到那時候。」

筑晴打開冰箱，拿出兩罐啤酒，開了罐遞給小高，自己打開另一罐，喝了一大口。

「你有很多機會逃走，為什麼你沒走？」小高問。

「因為……因為我想看看九號省道的盡頭。」筑晴想了想之後說。

第二天，他們睡到十點才起來，離開汽車旅館後，沿著九號省道往南走，穿越了木瓜溪和壽豐溪，到光復時，筑晴突然提議：「我去買一個即可拍，好不好？」

「我以為我們是在逃亡，而不是旅行。」小高不以為然。

「可是，這一路上有很多地方我都是第一次去，說不定以後也沒有機會再去了。」

「好吧！不過是拍張照罷了。」

有了即可拍，筑晴一路在瑞穗、玉里、富里、池上，各拍了些照片。

「到池上了，買個真正的池上便當來吃吧！」筑晴說著，在火車站前停下車，下車時，小高喊住她：「幫我買份報紙。」

一會兒，筑晴回到車上，把便當和報紙遞給小高。

「只有招牌飯一種，沒別種可挑，我第一次碰到這種便當店。」筑晴說。

「以前月臺上賣的便當都是這樣，火車停下時趕緊到車廂門口買，哪裡還有時間選口味。」

「有道理。」筑晴打開竹片製成的飯盒，潔白的飯粒上鋪了滷肉、滷蛋、香腸和醃蘿蔔，雖然菜色簡單，卻令人胃口大開。

小高先打開報紙，報上登了筑晴的照片，還有從銀行提供的錄影帶上拷貝放大的小高影像。

「不是很像你。」筑晴說。

「他們去找我媽了。」小高說。

筑晴靠過去，報上寫著：小高的母親希望兒子快點出面，如果不是他做的，他應該出來澄清，如果真的是他，也要勇敢投案，她還說：「阿成，快點把人家的老婆放了。」

你一個人做錯了，不可以再害人家家庭破碎。」

「你要去投案嗎?」筑晴問。

「我不知道。」

「我有朋友是律師,你要不要我打電話幫你問問看,如果你自首,大概會被判多久?」筑晴熱心的建議。

小高看了她一眼，筑晴猛然想起，嚴格的說現在她的身分還是人質，實在不適合打電話。

「不要急，還有時間，我們再想想看。」筑晴發動車子時說。

「還有時間?」小高不解。

「我們不是說好，要看看九號省道的盡頭是什麼嗎?我們已經走了三百多公里了，快要從臺灣頭到臺灣尾了。」

公路兩旁盡是寬闊的田，栽種了稻米、甘蔗，遠一點是山，臺地上則種了茶，一種完全不同於臺北的景致。路上的車不多，兩個人的心情卻輕鬆不起來，筑晴不知道小高現在是不是後悔搶了銀行,也許法官會體諒他犯案的動機,電視劇裡的法官不是常常說:

念在被告是初犯，而且其情可憫，所以從輕量刑嗎？

「在路邊停車。」小高突然說。

筑晴依言停下車。

「換我來開吧！你一定累了。」

兩人換了位置，重新上路。

「你是個溫柔的男人，現在已經不多了。」筑晴真心的說，她希望九號省道其實是沒有盡頭的，他們就可以一直走下去。

「別人只會看到我的過錯。」

「法官一定會傳訊我，我會幫你說話的。」

小高大笑了起來，等他停住了笑，他問筑晴：「你回去以後會和你丈夫離婚嗎？」

「會，那個女人的肚子都大了。」

「你丈夫確定那個女人懷的是他的孩子。」

「我以前也這樣懷疑過，但現在我覺得不重要了，反正那是他們的事，這兩天我想了很多，覺得自己過去太傻了。你知道嗎？換作我是你女朋友，我老公是你，他是絕對不會為我做這麼多的。」

「報上說他很著急，還求我不要傷害你。」

「他在乎的不是我，而是別人怎麼看他。」

「很難說，很多時候，我們只有在即將失去時，才知道自己真正在乎的是什麼。」

經過關山，來到鹿野，小高指著路旁一處山莊的路線指示牌說：「我在雜誌上看過介紹，那是幾個茶農經營的，真可惜，離這裡只有幾百公尺，卻不能去喝茶。」

「誰說不能。」筑晴打開旅行袋，要小高停下車，她為小高戴上一頂紅色的鴨舌帽，繫上一條變形蟲圖案的藍色領巾，然後說：「我們只要大大方方走進去喝茶，他們絕不會想到正在逃亡的搶匪會有閒情逸致去喝茶。」

他們在中國式的建築裡喝了一壺金萱，窗外即是整齊的茶園，山莊有房間可供住宿，外觀是中國傳統房舍的造型，屋裡是原木地板、原木家具。

「結婚前，我們常到貓空喝茶，婚後一次都沒去過。」筑晴有些感嘆。

「如果他決定離開那個女人，你會原諒他嗎？」

「三天以前，我曾經希望他離開那個女人，他不肯；也許我被挾持後，他忽然發現我的重要，但是，在我被挾持以前，我原本是要去自殺的，如果我真的死了，就不會有機會原諒他。」

「你不會還想要自殺吧？」

筑晴搖搖頭，笑著說：「我會告訴你媽媽，你不但沒有害別人家庭破碎，還救了我一條命呢！」

離開鹿野時已是傍晚，他們繼續往南走，陽光不見了，雲層愈積愈厚，終於飄起了雨。他們經過卑南，筑晴在指示牌上看到距離知本二十四公里。

「我們去知本洗溫泉，好不好？在那裡住一夜。」

「管它的，就聽你的，去泡湯，等我到了裡面，不知道要等多少年，才有機會再去泡溫泉。」

「如果你在裡面，你會願意我偶爾寫信給你，或者去看你嗎？」筑晴問。

「你願意這樣做？」小高有點驚訝。

「我願意。」

「謝謝你，看來我沒有綁錯人。」

他們在雨中來到知本，不是假日，溫泉區顯得有點冷清，他們隨便找了家旅館，小高又去買了份晚報。

「一天出兩份報，要是我不搶銀行，他們拿什麼來填版面。」小高開玩笑說。

「這些記者真厲害，他們竟然發現你挪用公款是為了罹患絕症的女朋友。」筑晴指著晚報上的標題：

一片癡心更甚鐵達尼，世紀末真情故事。

「他們找到了我女朋友的姐姐。」

小高女友的姐姐告訴記者，阿成是個老實的年輕人，如果不是為了完成妹妹生前最後一個心願，他不會犯下如此大錯。

「報上的報導如果諒解你，你媽媽會比較不難過，她還是會心疼你的傻，但至少知道你不是故意的。」

「我……我想靜一靜。」小高的眼眶有些泛紅。

「好，那我先去洗溫泉。」筑晴拿了替換的衣物和浴巾，又回頭說：「你不會想不開吧！」

「你放心，待會兒我還要你請我吃毛蟹呢！」

兩個人吃晚餐時喝了點酒，又開了二天的車，所以很早就睡了。夢裡，筑晴看到小高和一個年輕的女孩在郵輪上，女孩的臉色紅潤，一點病容也沒有，小高看起來明亮而開朗，完全不像銀行攝影機所拍下來的慌張，甲板上，小高看見筑晴了，他走過來，問：

「我們在哪兒見過？」

「不，我們沒有見過。」筑晴慌亂的回答，他們不能見過，如果他們見過，就表示小高的大錯已鑄成。念頭才起，郵輪已經不見了，他們在銀行裡，警鈴大作。

「怎麼會這樣？」小高大聲喊。

筑晴顧不得別的，拉著小高的手：「快跑！」

有人搖筑晴的手，那節奏不是奔跑時產生的，筑晴張開眼，看見房裡簡單的佈置，想起這裡是知本，小高已經起牀了，他站在牀邊說：「天快亮了，我們散步去白玉瀧。」

筑晴點點頭，立刻起身，在晨曦中和小高並肩走往白玉瀧，瀧就是瀑布，她的口袋裡放著即可拍，還剩十幾張底片。他們沿著斜坡往上走，走了不到一公里，已可清晰聽到水聲，再一轉彎便看到了瀑布，路旁有石階可直通到瀑布前。

「小時候，我一直相信瀑布的後方有個山洞，只要穿過水幕，即可到達另一個世界。」小高說。

「另一個世界是什麼樣子？」

「不論是什麼樣子，反正比現在這個好，小時候認為在另一個世界裡沒有考試，大一點就幻想更神奇更有趣的科技，甚至魔術，而現在，我以為另一個世界沒有『錢』，沒有『錢』就不會有地下錢莊，我也不會搶銀行了。」

離開知本後，小高開車繼續往南走，早報上關於小高和筑晴的報導大幅減少，被新發生的某企業違約交割事件所取代，他們經過太麻里，公路的一側是山、一側是海，隨著公路一轉，公路下方出現了美麗的海灣，乾淨的沙灘和海浪。今年年初筑晴還和宇文到刁曼島度假，是不是那時候宇文已經有了外遇，她想起一天晚上，她從浴室出來時，他剛好放下電話，當時她以為宇文是撥電話到櫃臺，可是第二天早上他在櫃臺付了一張電話帳單，並且立刻揉掉，大約是怕筑晴看到。

如果筑晴警覺些，是不是可以早一點由各種蛛絲馬跡中循線發現宇文的不忠，而不是傻傻的等在家裡，由外面的女人上門告訴她，她的老公早已背叛了她，請她放手吧！

筑晴望著外面耀眼的陽光、亮藍的海，水簾後如果真有另一個世界，筑晴期待它是什麼樣子呢？宇文對她的傷害仍在，但是不過短短兩天，就由進行式變成了過去式，人生在世永遠不知道接下來會怎樣，就好比現在，筑晴也不知道繼續往下走，九號公路的沿線有些什麼。

過了達仁，公路進入山區，看不見海和沙灘，取代的是翠綠的山谷。

「我從來沒來過這兒。」小高說。

「不止是這兒，這三天中，我去了好多過去不曾去過的地方，也想了很多過去不曾想過的事。」

「你相信嗎？即使現在事情變成這樣，我依然不後悔帶小玲搭郵輪，只是覺得對不起我媽。」

「我想我並不像你愛小玲那樣愛宇文，只是我不知道怎樣面對失去、面對被欺騙。」

「我希望等我從牢裡出來，可以多為我媽做點什麼，我還沒帶她去旅行過。」

「你媽媽會原諒你的。」

「你願意陪我去自首嗎？」小高有點緊張。

「當然。」筑晴伸手摸了摸小高的頭，他是這樣的年輕，即使他犯了錯，筑晴也希望這個世界還能再給他一次機會。

山勢漸趨平緩，公路已經穿過山嶺，來到了楓港，陽光似乎比在達仁時更熾烈，路邊好多賣烤小鳥、烤透抽的攤子，公路的盡頭一枚綠色的牌子，寫著：「終點：四八八點九公里」，他們走了四八八點九公里，到了九號公路的盡頭，原來公路的盡頭是楓港。

「吃完飯就去自首吧！」筑晴說。

「好。」

他們找了家餐館，老闆熱心的向他們建議，冰櫃裡全是楓港的漁獲，筑晴挑了四樣。

「吃不完的。」小高說。

「不要緊，等你出來，我再請你吃飯。」

小高點頭。

「你的槍呢？」

「在口袋，是假的。」

「假的？玩具槍？」筑晴笑了起來。

「回臺北後，你要勇敢，婚姻失敗了不要緊，你還會遇到懂得珍惜你的人。」小高說。

筑晴點點頭，她想她永遠不會忘了楓港，突然，她想起了一件事，急忙拉住小高的手，將他拉出餐廳，以標示著終點的牌子作為背景，請路人用即可拍為他們拍照。

「同行了將近五百公里，我們還沒合照呢！」筑晴說。

小高用手指順了順頭髮，在快門按下的剎那，兩個人放心的笑了。

愛的出口

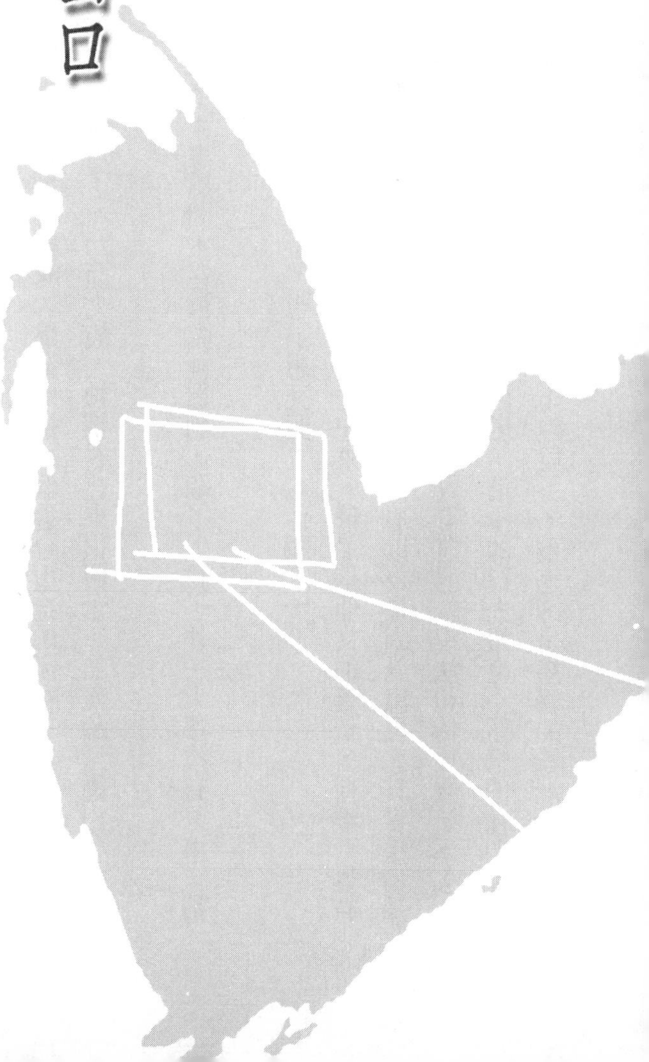

「惠風。」

她回過頭，聽見有人喊她，在醫院的長廊，一眼看見了亞文，慘白的日光燈、青綠的地磚、空氣中瀰漫著消毒藥水的氣味，這絕不是一個適合重逢的所在。

「真的是你，你頭髮剪短了。」亞文說，神情看起來很興奮，語氣卻透露出些許感慨。

「你怎麼會在這兒？」惠風問，在醫院裡遇到，除了生孩子外，大都沒有好事，這一層樓不是婦產科。

「倩瑜住院。」亞文答得很簡短，想了想又問：「你呢？」

「我來看個同事。」惠風說，一時心情複雜起來，倩瑜是亞文的妻子，曾經對她有很深的誤會，有一段時間，亞文和倩瑜的關係緊張，倩瑜以為是因為惠風，其實是倩瑜的外遇被亞文發現了，亞文沒說，因為一旦說破，他覺得自己就沒法和倩瑜繼續下去。

惠風看見亞文原本濃密的髮叢間添了不少白髮，清冷的日光燈毫不留情的在白髮上折射出炫目的光，她訝異於他的蒼老，他們五年沒見了，重逢卻是這樣的景況，他是不是也在她身上看見了歲月的痕跡？

「倩瑜還好嗎？」惠風問，當倩瑜誤會她時，其實她和亞文只是無話不談的好朋友，但是亞文在得知倩瑜的婚外情後，不平衡的心理加上倩瑜因誤會而產生的忌妒，使得她不顧一切責備惠風，逼得亞文真的靠向了惠風，惠風心裡明白，那樣的愛其實脆弱得可憐。

有一次，亞文三更半夜還沒回家，倩瑜以為他一定在惠風這兒，她便追了過來，不顧可能吵到別人，猛按電鈴不放，惠風原已睡了，被吵醒後，披上睡袍來開門，還沒看清門外站的是誰，倩瑜一巴掌已經迎了上來，打得惠風一陣愕然，倩瑜一把推開她，嘴裡嚷著：「朱亞文你給我出來。」惠風住的一房一廳加起來不過十幾坪，倩瑜的話聲才落，她已經將房裡整個用眼睛搜尋過了，朱亞文不在這兒，她沒有臺階可下，巴掌也已經揮出去了，於是惡狠狠的丟下一句：「你們不要給我抓到。」便走了。

惠風的臉頰又熱又燙，因為太驚訝了，反而不覺得痛。

一個小時後，電鈴又響了，惠風嚇一跳，以為倩瑜不死心又回來了，她硬著頭皮去開門，不是倩瑜，是亞文，亞文看見她，什麼也沒說，往前跨了一步，把惠風整個人攬進懷裡，貼在他的胸前，十二月的深夜，氣溫只有攝氏十四度，他的胸膛卻是溫熱的，她聽見他的心跳，還有他對她說的話：「為什麼和我結婚的不是你？」

那一夜，他吻了惠風，輕輕的將她抱上牀，褪去了她的衣服，他細心的、溫柔的吻過她的頸項、背脊，惠風不知道為什麼自己沒有拒絕，是因為已經為自己沒做過的事挨了那一巴掌嗎？她不要白擔了虛名？還是其實她一直愛著亞文，只是不知道。

接下來的日子，惠風陷進了不曾經歷過的混亂，倩瑜結束了自己的婚外情，從頭到尾她都不知道亞文已經發現了，她以為那是一樁神不知鬼不覺的祕密，但是瞞得了別人，瞞不了自己，因為心虛的緣故，在亞文面前她益發理直氣壯起來，常常到了張狂的地步，彷彿不這樣便不能掩飾自己的心虛。

亞文早出晚歸，幾乎不和倩瑜照面，藉口不想吵醒倩瑜，搬進了客房睡，倩瑜以為這一切全是因為惠風，她不知道其實是因為她，她已完全變了樣。惠風明白，所以更為自己不值，亞文的痛苦是因為倩瑜的外遇，而不是為了她，甚至，如果倩瑜不出軌，他也不會和惠風走到這一步，這麼說來，他愛的當然是倩瑜，不是惠風。即使他們現在陷入僵局，也是因為愛的緣故；而亞文和惠風的戀情，是不是同樣緣自於亞文對倩瑜的愛？

惠風覺得自己是亞文的一個出口。

「倩瑜出了車禍，現在留院觀察，醫生說應該沒有大礙，留院只是怕有萬一。」亞文說，在惠風面前說起倩瑜，令他覺得不安。

「沒事就好。」惠風真心的說，為了怕別人聽起來覺得言不由衷，她又加了一句：「你要好好照顧她。」

「我知道。」亞文應著，隨即問：「你有事嗎？我請你吃晚餐好不好？都八點多了，我還沒吃飯，或者你吃過了？」

亞文說得語無倫次，惠風卻因為這分慌亂不忍拒絕他。

「醫院樓下有家餐廳，我們可以去吃義大利麵。」惠風說，她試著給自己找理由，她只是偶然遇到了老朋友，順便一起吃個飯。

「我的車停樓下，我帶你去另一個地方，我一直想帶你去。」亞文說。

一直？一直想帶她去，惠風咀嚼著這句話，他是想告訴她，他的心裡一直有她嗎？

電梯從十一樓到一樓，到了晚上，醫院的大堂不像白天那樣熙來攘往，惠風走在亞文身邊，一聲一聲數著自己的鞋跟敲擊著地板的叩叩聲，走出大門時，她緊了緊衣領，亞文並沒有忽略她的動作。

「冷嗎?我車上還有件外套。」亞文細心的問。

惠風搖了搖頭。

坐進亞文的車，已經不是當年那部福特車，但是他身邊的這個位置依然是倩瑜的。

「我聽說你結婚了。」亞文說。

「去年離了。」

「這樣啊!」亞文轉著方向盤，車子駛出院區，幾個轉彎，便向陽明山的方向開去。

「一個人也好，比較適合我吧!」惠風說，她不希望亞文以為她寂寞。

「真希望我和你一樣有勇氣。」

「你是指離婚嗎?」

「如果我當初有勇氣離婚，今天……一切都會不一樣吧!」

「不一樣不一定比較好，沒有勇氣我想是因為還有眷戀。」

那一天，亞文留在惠風那裡過夜，倩瑜沒有再來，其實她的猜疑也沒有錯，只不過早了一個小時，如果晚一個小時，就剛好撞見亞文在這兒。和惠風親熱後，亞文睡得很熟，惠風躺在牀的一側，這是她第一次和一個男人同牀共枕，雖然在這之前她已有性關係，但是，很奇怪，她從沒和那些男人在同一張牀上睡一整夜的經驗，惠風摸了摸自己的臉頰，她覺得倩瑜那一巴掌在她臉頰上留下的痕跡，比亞文剛才在她身上留下的吻痕還要清晰。

第二天，亞文先醒來，他用冰箱裡的雞蛋和火腿做了起士蛋捲，又煮了咖啡，才叫惠風起來，惠風換上淺藍色的套裝，坐在餐桌前吃蛋捲，她完全吃不出滋味，只覺得蛋捲裡除了起士和火腿外，更多的是亞文的虧欠，她不要他虧欠，他愈覺得虧欠她，就愈表示他愛倩瑜，他知道自己不能給她什麼，因為他不會為了她離開倩瑜。

那天之後，除了上班的時間，亞文幾乎都和惠風在一起，但是他還是每晚回家，通常已經過了午夜十二點，第二天一早又走了，惠風一直擔心倩瑜會到她的公司來鬧，但是同時她又隱隱的期盼倩瑜來揭穿這一切，把所有的事情攤開，逼亞文面對。

不過，倩瑜始終沒有這樣做，想起來，惠風覺得很荒唐，當她和亞文之間沒什麼的時候，倩瑜罵過她也打過她；當她和亞文真的有什麼了，她反而安靜了下來。

惠風明白亞文為什麼和她在一起，她是他和倩瑜愛情的出口，但是她卻不明白自己為什麼和亞文在一起。惠風和亞文認識的時候，他已經結婚了，他比她大七歲，對她而言，亞文是安全的，她從沒交過大她超過三歲的男朋友，更何況亞文有太太，也許因為這分虛無的安全感，她什麼心事都能和他說。

直到倩瑜出軌，亞文和惠風的角色也對調了，以前都是惠風發牢騷，工作、愛情、家庭，過高的期待和達不到的現實，她說，亞文聽，偶爾給她一點建議。但是，亞文的婚姻出現了第三者，這是他從未想過的危機，他絮絮叨叨的向惠風傾訴，惠風安慰他，卻無法給他建議，該說什麼呢？說倩瑜總會回頭的？但是難道只要她回頭了，就可以當作一切都沒發生過嗎？

他們曾經一起出去旅行過一次，搭飛機到高雄，再租車去墾丁，回想起來，惠風覺得那三天是他們愛情中最奢侈的片段，亞文沒有帶手機，也沒打過電話回臺北，他專心享受北回歸線以南的燦爛陽光，假裝臺北的一切是不存在的。

白天他們在飯店的泳池游泳，下午到海灘散步，惠風不知道亞文回去要怎麼向倩瑜解釋他曬黑的皮膚，她以為或者他的心裡不再有倩瑜的位置，她太天真了，才會在那一刻突然有這樣的念頭。

晚上，亞文和惠風在啤酒屋吃烤蟹腳、炒蛤仔，配著冰涼的啤酒，亞文很快有了微醺的心情。

「如果我離婚，你會嫁給我嗎？」亞文吞下了五百西西，招手又叫了一杯。

「你不會離婚的。」惠風淡淡的說，在那一刻她明白了，倩瑜一直在他心裡，不然他不會這樣問她，他會在解決了自己和倩瑜之間的問題後，才來問她願不願意嫁給他，愛情是不可能交換和選擇的，能選擇的只是一種關係，而不是愛情，不是惠風答應嫁給他，他才和倩瑜離婚，如果他放不下對倩瑜的愛，惠風就是答應了他，他也離不開倩瑜。

惠風恨自己一下子想明白這麼多事，她喜歡白天天真的自己，一度以為亞文的心裡只有她，如果她能繼續保有那分天真，也許她就可以快樂的說：「我會嫁給你。」她了解亞文的個性，這樣的承諾已足以對他造成壓力，說不定他真的會離婚，即使不離，但是畢竟他已承諾離婚娶她，姑且不論法律和道德，至少在亞文面前，惠風得到了和倩瑜同等的地位。

可是，惠風的話已經說出口，第二杯啤酒送了上來，亞文灌了一大口，他替惠風剝了一隻蟹腳，似乎在為自己解釋。

「我並不是比較愛倩瑜，只是，那個男人對她不是真心的，她也明白了這一點，所以離開了他，如果我在這時候和她離婚，她會受不了，就算要分手，也要等她從前一次傷害中恢復。」亞文低著頭不看惠風，開始為她剝第二隻蟹腳。

倩瑜在亞文心目中的地位，果然和惠風想的一樣重要，也或者是亞文太善良了。

那一次的假期他們沒再提起離婚的事，以後也一直沒再提起過。

「就是這裡，我很喜歡這個地名。」亞文停妥車，他把外套披在惠風肩上，惠風原想拒絕，但是轉念思及最該拒絕的事，當初她沒說不，現在推辭一件外套，反而顯得她太放在心上了。

開在半山上的餐廳，有一排窗子可以眺望山下的燈火。

「四年前我發現這家餐廳，就一直希望有一天能帶你來，你是我第一個帶來這裡吃飯的人。」亞文說。

「你都是一個人來？」

「這是我的祕密空間，很遼闊，對不對？」亞文指向窗外。

服務生送來菜單，亞文點了馬鈴薯濃湯和烤羊排，並且要了一瓶九四年的紅酒。

「這瓶酒是在我們分手的那一年釀製的，如今我們重逢，正好為它開封。」亞文在惠風的杯子裡注上酒，豔紅的色澤讓人忍不住想吞嚥它，釀製這瓶酒的葡萄生長在藤蔓上時，他們還沒分手，他們是在秋季，葡萄採收後，才決定不再見面的。

「你和倩瑜有孩子了嗎？」惠風鼓起勇氣問，她一直很想知道這件事。

「沒有，不過，我們還住在一起，我一直以為我們會分居。」

「為什麼？」

「為什麼沒有小孩？還是為什麼會分居？」

「分居。」

「她因為忌妒，所以忘不了你，我因為思念，也忘不了你。」

惠風喝了一口酒，沒有答腔，她沒法相信亞文的話，五年不見，再重逢他何苦哄她，當初好不容易下定決心喊停的。

「我們雖然不知道你在哪裡，但是，你一直以另一種方式存在於我們之間。」亞文輕輕搖晃玻璃杯，嗅著紅酒飄散出來的氣息。

過去的五年，惠風搬了家、換了工作，認識了一個男人，並且答應了他的求婚，不過，那個婚姻只維持了一年半，她並不後悔嫁給他，雖然自己的人生會走到這一步，是惠風始料所未及的，但是錯誤在更早的時候已經成形。

以夜色佐酒，一不小心就會喝多，更糟的是，這醉不到天亮是不會醒的。

「都快十一點了，我們該下山了。」惠風猛然驚覺這一頓飯吃了兩個小時。

「不好意思，我酒喝多了，沒法開車。」亞文的雙眼迷濛，任誰聽起來這都像一個陷阱，他的臉上卻出現了少有的無辜神情。

「那……先喝杯茶吧！」惠風遲疑了一下說，她回頭找服務生。

「不要，我們去泡溫泉，又暖和，還可以醒酒。」亞文說，像個孩子似的提出任性的要求。

惠風望著亞文，她應該可以打電話叫無線電計程車，留下亞文一個人酒醒了再回去，可是，不知道為什麼，她覺得自己其實想往陷阱裡跳，五年前，他們在感情依然熾烈的時候，順從理智分手，所以重逢後，舊情還來不及意識到就被勾起，如果是在情感已經冷卻，甚至耗損後才分手，也許今天重逢的心情會不一樣吧！

至少，當年是亞文主動，今天也是，惠風為自己的耽溺推卸了一部分責任。

亞文看惠風沒有說不，他知道不能再給她時間猶豫，立刻走向櫃臺，回到座位時，他的手中多了一把鑰匙。

惠風隨亞文走向餐廳後的園區，她沒想到這裡的溫泉池竟是在房間裡，房裡最醒目的是一張雙人牀，浴室裡竟然就是那容得兩個人的觀音石浴池了，亞文注滿了一池熱水，他拉著惠風的手，藉著酒意說：「你的手好冷，我們一起洗。」

瀰漫著白色煙霧的浴池，亞文的存在像是一個夢境，這只是一個夢，她不會傷害任何人，惠風讓亞文幫她褪去線衫，和他一起將身體浸泡在溫熱的水中，方才的微醺酒意非但沒醒，反而濃烈了起來。

「你不會明白我等這一天等了多久。」亞文的雙手扣住惠風，她不得不緊靠在他的胸前，她寂寞得太久了，已經沒有力氣抵抗，在決定離婚的那一天，她也曾強烈想念亞文，她努力跟隨理智，結束她和亞文的關係，換來的卻是一段失敗的婚姻，命運並沒有因為她迷途知返，給她比較好的待遇。

不管是有心的還是無意的，倩瑜的車禍使他們有機會走回了原來那條路，不小心撞到倩瑜的駕駛，大概怎麼也想不到自己竟牽動了這樣一段緣分，他只看見了倩瑜大腿上縫了二十針的傷口。

天亮時，惠風張開雙眼，她想起今天還要上班，她不能穿著昨天的衣服去公司，一個離了婚的女人很容易引起流言，一夜沒回家正是作文章的好題目，她得在上班前先回家裡換衣服，她掀被子的動作弄醒了亞文。

「要回去了嗎？」亞文問，隨即坐起身。

「我想回家換件衣服。」

「我送你。」

清晨，同樣的一條路卻和夜裡是完全不同的情調，清晨出現在這路上的人是為了運動，夜裡出現在這兒的卻是為了幽會，且會的多是見不了光的情人。

亞文開著收音機，晨間新聞將他們從昨晚的夢境拉回現實，車子很快進入市區，惠風希望下車前，亞文能對她說：「永遠不要再離開我。」但是，當車子停在她樓下時，他只說：「我再打電話給你。」

惠風想，也許亞文已經忘了他昨天說過：「你不會明白我等這一天等了多久。」的話。

隔了一天，惠風才接到亞文的電話，她不願意承認，自己又陷入了等待，等待亞文的電話，等待和他見面。

「昨天，我一直想打給你，可是倩瑜她出院了，我沒有機會……」亞文解釋著。

「她沒事了吧！」惠風阻止他繼續說下去，她不想聽這些。

「沒事，休息兩天就可以拆線了。」亞文頓了頓，說：「晚上，可以和你見面嗎？」

惠風知道，這一句話將是她日後時常會聽到的，她覺得整件事有點荒唐，當初分手時的決絕，對照今天的舊事重演，那分決絕中的傷心也顯得虛矯。

惠風持續和亞文約會，她不再逼自己去想對和錯，她很明白有亞文的日子比沒有快樂，只要她不去想未來，這就和有菸癮的人吸菸一樣，明知道吸菸有害健康，但是不好的結果不一定發生，即使發生也不是現在，而是不能確定的未來，但是對於尼古丁的依賴，卻是打火機點燃的那一刻已經可以感受到的。

雖然是一條回頭路，但是惠風卻可以感覺到自己的步伐和過去不一樣，以前，她總覺得自己偷拿了別人的東西，因為有罪惡感，她從來沒有要求過亞文什麼，可是，現在不一樣了，她曾經把東西還回去了，但是歸還原主的「物」又出現在她身邊，依戀著她，她以為責任該由三個人均分，說不定她的責任還小些。

「我們利用年假去旅行，好不好？」惠風問亞文，離婚後，能夠找到藉口，不必回娘家過年，將會讓她輕鬆不少，自己的父母兄弟還好，親戚們小心包裝後的質疑語氣，常令她渾身不自在，恨不得立刻打包行李回臺北。

「想去哪？」亞文問，似乎他並不擔心如何向倩瑜解釋他不在家過年。

「去一個可以看雪又可以洗溫泉的地方。」

「北海道？不會吧！很冷呢！你不怕把耳朵凍掉。」亞文說，親膩的撫摸她的耳朵。

「我一直很想試試一邊看著白雪落下，一邊喝清酒。」惠風說，以前，她從不向亞文撒嬌，現在的她三十歲了，反而可以輕易和他撒嬌。

亞文安排了假期，訂了機票和旅店，惠風特地為二人買了羽毛衣，出發前一天，她接到了倩瑜的電話。

「真的是你？」倩瑜這樣說，她沒有掩飾自己的驚訝。

惠風拿著話筒並不作聲，她不覺得自己有什麼話好對倩瑜說，可以用來罵惠風的話，倩瑜早就說盡了。

「以前，我一直很擔心你，現在反而不擔心了，也許是已經習慣你的存在了。」倩瑜說。

「我不想聽你說這些，如果你有什麼話，應該對亞文說。」惠風只想掛電話。

「他不會有耐心聽的，男人一旦和女人上了牀，就不會再有耐心聽女人說的話，他們只是假裝自己在聽，但是根本就沒往心裡去。以前我擔心你，因為你和亞文是無話不談的好朋友，我發了瘋似的忌妒你，我的外遇其實是想引起亞文的注意，我們漸漸不再了解對方，但是你卻很了解亞文……直到他和你上了牀，我發現我不用擔心了，因為他不會再像過去一樣，什麼話都和你說，而你也一樣，你也不會再和他分享所有的心事。」

惠風怔住了，她漸漸明白，為什麼現在的她會輕易向亞文撒嬌，倩瑜說得對，她和亞文不再是無話不談的好朋友，而是一對有肌膚之親的男女，他們的角色不一樣了，她不再和亞文談她工作上的困擾了，她真正擔心的事，想來亞文也是一樣的。

「以前亞文不會告訴我的事，現在他也不會告訴你了。」倩瑜說。

原來倩瑜看得比她更透徹，惠風的心裡有一點難過，但是惠風還來不及說任何話時，倩瑜已經把電話掛了，惠風慢慢放下話筒，她決定也放下心裡的那一點遺憾，倩瑜說得對，她和亞文之間的關係已經變了，但是也不一定不好，她失去的那一部分，在亞文身上是再也找不回來的了，但是她另外得到的這一部分，至少是她現在握得住的。

二月的北海道，厚厚的積雪淹沒了過往的記憶，惠風和亞文在彼此身上尋求新的出路，惠風坐在開了暖氣的房裡，注視著玻璃窗外落下的雪，小小的陶瓶裡是溫熱的清酒，她的背靠著亞文的胸膛，亞文的兩隻手橫過惠風胸前，將她圈在懷裡，他們用同一隻杯子慢慢的啜飲清酒，讓身體的溫度裡外一致。

惠風想起那一年他們去墾丁，南國的陽光和北國的雪，竟是一樣刺眼。

她沒告訴亞文倩瑜打過電話給她，惠風想，他知不知道都一樣。

「如果你懷了我的孩子，你會生下來嗎？」亞文問。

惠風笑了，她的神情嫵媚，但是她自己看不見，亞文現在問她這句話，就和當年他問她：「如果我離婚，你會嫁給我嗎？」是一樣的，只不過，當年他們是朋友，也是情人，矛盾、糾結壓得惠風喘不過氣，現在，她是他的情人，朋友的成分愈來愈淡，像是一瓶酒開了卻沒喝，原本濃烈的酒精揮發得只剩一點氣味，喝不醉人的。

惠風的手指輕撫著榻榻米，日本溫泉旅館沒有牀，更引人遐想，焦點不集中一處，慾念也可以肆無忌憚的氾濫。

雪花繼續飄落，惠風卻一點也不覺得冷，窗外的銀色世界迷離起來，彷彿並不是真實存在，更像是一場夢。

「真希望日子可以就這樣過下去。」亞文說著嘆了一口氣。

惠風用吻代替回答，她終於明白，當初，她是亞文的一個出口，如今，亞文也是她的一個出口，她曾經希望自己能站在和倩瑜同等的地位，現在她知道這種想法錯了，她應該站在和亞文同等的地位，唯有如此，日子才可能這樣過下去。

從南國的陽光到北國的雪，他們走了五年，結果成了彼此的一個出口，讓生活不至於陷入困頓，但是，這卻是用了很多犧牲才換來的，究竟值不值得？已經無法去想。

在清酒帶來的微醺中，惠風第一次看到雪，心中升起一種幸福的感覺，雖然不是很踏實，但是只要不去戳破它，它便環繞著她。

忘了還有愛

落地

窗外的海浪一波一波湧向欣平，陽光下的海浪藍得眩目，欣平微瞇著雙眼，專心數著海浪的節奏，直到旭清從背後抱住她，他的吻落在她的頸上，手臂環在她的胸前，她知道他想要什麼，但是她的眼光仍停留在藍得眩目的海浪上，那片海對欣平的吸引力超過了旭清愈來愈明顯的意圖。

旭清的手指以欣平熟悉的節奏，隔著紫色碎花洋裝，輕輕撫摸她的身體，他隱約發現欣平對他的愛撫沒有回應，他的手一伸，穿過欣平的膝下，將她整個人抱了起來，回身放在牀上，然後褪下她的衣服，用自己的身體遮蓋住她的視線。

旭清的情慾推擠向欣平，一波一波湧入她，她平靜的接受，這是旭清愛她的方式，事後，他會躺在她旁邊，閉上眼睛休息，每一次做愛的步驟都差不多，不同的是這回窗外有一大片海，欣平側躺著，臉朝向窗外，藍色的海浪重新回到了她的視線，儘管落地窗是關著的，她依然可以聽見海浪的聲音。

「新節目的企劃案通過了嗎？」旭清突然問。

「過了，明天要簽約。」

「比想像中順利。」旭清翻了個身，一隻手環住欣平的腰。

「我卻覺得麻煩才要開始。」

「怎麼說？合約一簽，不就什麼都搞定了。」

「張經理透露說，廣告量恐怕達不到最低要求。」

「他這樣說，是針對程薇。」

「你也這樣認為？」欣平的眼光終於離開了海浪。

「程薇確實在走下坡。」

程薇曾經紅過，可是紅的時間不長，最近這半年，一個節目都沒開過，只偶爾以特別來賓的身分上電視露了臉，演藝圈是很現實的，程薇手上沒有節目，時間再久一點，觀眾很快就會淡忘她，她再想要有機會，就更難了。於是，她主動向製作人投懷送抱，果然爭取到了這一次的機會，雖然很多人並不看好，但是製作人屬意她，別人也不好說得太多。

「但是也不至於完全沒有機會吧！」欣平說。

「你太善良了。」旭清說，起身離開牀，到浴室洗澡去了。欣平知道他話只說了一半，另一半是你不適合這個圈子，這樣的個性是鬥不過別人的。

欣平和旭清是同行，不過在不同的電視公司上班，旭清在新聞部，欣平在節目部，所以彼此沒有直接的競爭，他們在一起快五年了，沒有人提議結婚，也不打算同居，平常兩個人都忙，平均一天工作十二個小時，一起吃飯的次數有時比做愛的次數還少，常常是晚上十點多了，旭清來按欣平的門鈴，偶爾他會留下過夜，更多的時候是欣平睡著了，他也就回家了。

欣平不覺得這樣的關係有什麼不好，為了怕麻煩，他們很少讓別人知道他們在交往，只有少數很親近的朋友才知道，所以不會有人追著他們問：「為什麼不結婚？」欣平不懂，似乎所有人都覺得結婚才是正常的，所以不結婚的人需要理由，結婚反倒不需要理由了。

難得這個週末兩個人都沒事，他們決定到海邊度週末，欣平覺得海浪的起伏對她有種難言的魔力，讓她覺得十分寧靜，耳中只有潮聲，沒有其他紛擾。

「好餓，去吃飯。」旭清從浴室出來，撲向欣平，他故意在欣平身上搓揉，想鬧她起牀。

欣平拉掉旭清圍在腰際的浴巾，包裹住自己的身體。

「哇！原來你也有不顧別人死活的時候。」旭清誇張的喊。

「你不是一直教我心不要太軟嗎？」

欣平關上浴室的門，溫暖的水從蓮蓬頭流出，細細覆蓋住她的肌膚，為了這一次難得的假期，欣平刻意買了一套性感內衣，可是旭清只顧著脫掉她的衣服，根本沒有發現，她原以為度假時做愛，會和平常旭清半夜來按她門鈴時不同，結果卻是一樣，是不是她和旭清之間已經失去熱情，一切都不再新鮮了。

「吃海鮮？」旭清問。

欣平洗完澡，旭清已經穿著整齊，坐在沙發上等她，她抓起髮梳將及肩的長髮梳順，在唇上淡淡塗了一層口紅，戴上太陽眼鏡時，她想起現在已經是黃昏了，但是沒有化妝時，她習慣戴太陽眼鏡，遮住不塗眼影時略顯疲憊的眼神。

「還好我們都是做幕後工作的，不用擔心別人認出我們。」離開旅館門口時，欣平這樣說。

「我聽說程薇和一位企業家走得很近。」旭清說。

「他們有祕密約會地點，偶爾還飛去澳門。」

「你們製作人不知道嗎？」

「一定聽人說起過，但是他自己有老婆，程薇向他示好，要的是什麼，他又不是不知道。」

旭清開車沿著省道來到漁港，漁港碼頭附近有十幾家賣海鮮的小餐廳，黃昏時分，海面由湛藍轉成金黃，每一道波褶都閃爍著耀眼的光芒，欣平站在餐館門口，每家餐館都在門前擺了十幾隻橘紅色的塑膠箱，裡面注滿了水，養著從海裡捕回來的蝦蟹，旭清正在挑選晚餐，她看著他伸手抓起兩隻花蟹，那兩隻掙扎的花蟹，讓她想起自己的工作環境，多的是搶著出頭的人，不同的是，在人類的社會中，所謂的雀屏中選，代表的是成功的機會，但是這些在塑膠箱中的花蟹，被人看中了，換來的卻是死亡。

旭清和欣平在小漁港喝啤酒吃螃蟹，窗外是美麗的落日，才喝了一杯啤酒，欣平已經有了酒意，旭清正抓著一隻蟹腳，用筷子將殼裡的肉掏出。

「我問你一件事。」欣平趁著酒意說，她原是下定決心不問的。

「好，任何事你都可以問。」旭清說，注意力仍在那隻蟹腳上。

「你和文音究竟有多好？」

「文音?你說文音?你怎麼會這麼問?你聽到什麼謠言了?是不是?」旭清終於放下蟹腳，反問欣平一連串的問題。

「有人說她是你的女朋友。」欣平喝了一大口啤酒，她違背了和自己的約定，她還是忍不住問了，文音是她的好朋友，也是她介紹給旭清認識的，沒想到他們認識才一個月，她就聽到流言，忍了兩個月不問，終於還是脫口而出，酒意可能只是藉口，她是真的想知道。

「我和文音只是朋友，走得近是因為我們時常互換消息，她在週刊工作，常來和我打聽小道消息，也只是這樣。」旭清說。

「真的只是這樣?」欣平低聲說，不經思考的又喝掉了杯中的酒。

「你怎麼猛灌酒?問我一個問題，已經喝了一杯，你是怕自己得到意外的答案，太驚訝了嗎?」旭清一邊說，一邊又為欣平倒了一杯酒。

「或許吧!」欣平確實對這段感情失去了把握，在聽到旭清和文音的傳言之後。

「知道嗎?我有種受寵若驚的感覺，原來你還是很在乎我。」

「我當然在乎。」

「放心吧！我是愛你的。」

我是愛你的，四天後，欣平回想起旭清說的這一句話，在黃昏的小漁港，空氣中瀰漫著鹹澀的氣味，橙紅的霞光映照在他們兩人的肌膚上，旭清說，我是愛你的，而不是我只愛你，這其間的差異使欣平失落。

然而，失落感雖然讓欣平難過，但是晚報的頭條卻更讓欣平意外，程薇和企業家馮實的戀情被掀了出來，連最近一次去澳門的日期，兩人分別搭乘不同公司的班機號碼，下榻旅館，全寫得清清楚楚，還有一張在議事亭前地被偷拍的照片，照片中兩人手牽著手，程薇的表情卻有點倉惶，為什麼她的表情不是甜蜜？欣平以為即使是幽會，這仍是一段戀情啊！

「你看到晚報了嗎？」製作人成大為推門進來說。

「看到了。」欣平小心翼翼，以為成大為打翻醋罈，會有一番發作。

「我們的節目收視率一定會上升。」

「你不擔心程薇惹上官司嗎？對方是有婦之夫。」

「如果是我老婆，一定會告她，但是馮實的老婆不會，他們只希望淡化這件事，不會再製造任何風波，供媒體捕捉。」成大為說。

「照你這樣說，時機正好，後天播出首集，明天的記者會現場一定擠破頭，雖然焦點不對，但比沒有好。」

欣平有些同情程薇，即使她接近成大為是有目的的，但是成大為對程薇的態度，比欣平以為的要不堪，她原以為他還是有點喜歡她的。

當欣平終於決定開口問旭清，有關他和文音的傳言時，她也曾想過，為什麼是問旭清，而不是問文音，既然文音是她的好朋友，相較於情人，好朋友之間似乎更容易坦誠，但是她卻選擇問旭清，是不是她其實明白，在她和文音之間，坦誠可能比想像中的還困難。

程薇出現在記者會場時，神情有些憔悴，但是化妝師有神奇的魔力，將憔悴從她臉上一掃而空，反而添了層我見猶憐的嫵媚，她的雙眉不展，流露出淡淡的哀怨，讓人覺得她的錯，是一時情不自禁。

畢竟程薇才二十四歲，雖然已經有人預言她即將過氣，那也與年齡無關，她出道得太早，不夠成熟的她，只學到世故，沒學到智慧。

「欣姐，我好累。」程薇說，她隨其他工作人員喊欣平欣姐，事實上欣平也大了她足足六歲，看看周圍沒旁人，程薇繼續說：「報紙一登，好不容易爭取到的一個廣告商，立刻通知我解約，他們賣的是電冰箱，本來簽了一年約，拍四支片子，現在我成了狐狸精，他們說買電冰箱的選擇權在主婦手裡，沒有一個做老婆的會喜歡搶人家老公的女人。」

欣平在心裡約略盤算了一下，解約至少讓程薇損失了兩百萬元。

「大家都以為我和馮實在一起，一定得到不少好處，其實什麼也沒有，我的生活靠的全是自己。」

「你愛他嗎？」欣平問，她不是真心想問，這是程薇的私事，她問這個問題，其實是交淺言深，但是程薇自己主動提起，大概也是在心裡擱不住了，現在對欣平說，其實也是對自己說，因為待會兒絕對不能對記者說。

「我十七歲就認識他了，那時我還是高職的夜校生，在他公司裡當小妹，他對我很和氣，有一回我來不及去參加考試，他還叫司機開車送我去，因為他待我好，不知不覺我就愛上他了。」程薇頓了頓，才又說：「我們真正開始約會，是我二十歲那一年，那時我已經踏入演藝圈，出了第一張唱片，賣得不是很好，在一場飯局中遇見他，我問他記不記得我，他說：記得。他記得，於是我們就開始了，我想從那時候一直到現在，我都只不過是他記得的一個女人。」

「你覺得他不愛你，為什麼還和他在一起？四年不算短。」欣平問。

「也許他不愛我，但是他也並不比較愛別人，你懂嗎？所以我不需要嫉妒，不需要爭寵。我討厭爭奪，在這個圈子裡有太多的爭奪。」

「事情見報了，他怎麼說？」

「我不知道，我不敢打電話給他。這回記者會查到這些，我猜是他堂弟提供的，他們是家族企業，堂兄弟間爭權奪利，這件事會使他在祖父面前的形象大打折扣。」

「程薇，記者會五分鐘後開始。」工作人員過來提醒。

「打起精神，事情很快就會過去。」欣平為程薇打氣。

程薇對著鏡子，整理著原本就很整齊的頭髮，她對自己笑了笑，然後回身走出休息室。欣平可以想見記者會場的情況，架好的攝影機對著強光下的程薇，還有此起彼落的閃光燈，聽說成大為建議程薇告訴記者，她和馮實只是在澳門巧遇，其餘一切不承認，反正她有另一家酒店的住房記錄。

欣平撥電話給旭清。

「你怎麼有空講電話，記者會不是才開始？」旭清問。

「又不是我的記者會，現在沒有人在乎節目內容，大家只關心程薇和馮實的戀情。」

「你們節目算是賺到了吧！」

「張經理可不是這麼說的，雖然沒有客戶抽廣告，但可也沒有滿檔。」欣平說。

「晚上去找你？我現在要開會。」

「好。」欣平掛了電話，走進記者會場，剛好聽到程薇說：「我和馮先生並不熟，經過朋友介紹，在飯局中見過幾次，我們怎麼可能一起去澳門，這件事給我帶來很大的困擾，相信對馮先生也一樣，希望大家不要再作無謂的猜測。」

程薇的臉上有一種練就出來的天真，欣平想著剛才程薇在休息室對她說的話，她為什麼會相信欣平呢？

晚上，欣平繞到亞都飯店，買了一隻水煮豬腳，搭配芥末和酸菜，正好下啤酒。旭清晚上來時，果然手上拎著半打罐裝啤酒，在一起五年的默契，往往在飲食和親熱的時候，最能看得出。

「記者會還好嗎？」旭清拉開啤酒拉環，將啤酒遞給欣平。

「不就是那樣。」

「企業家和女明星的故事，其實很普通，自古以來不知道有多少。」旭清喝著啤酒，每吃一塊豬腳，他都仔細沾了芥末醬，這是他的習慣，他說這樣味道才均勻。

「程薇不一樣，她還是個小女孩就認識馮實了。」

「你是說在她進入演藝圈之前。」旭清放進口中的一塊豬腳，完全忘了沾芥末，但是欣平沒有注意到，如果她留意了旭清的反應，也許就不會再往下說了。

「程薇曾經在馮實的公司打工，我想她對馮實的情感，是一種小女孩對白馬王子的嚮往，不是利益的交換。」

三天後，欣平萬萬想不到，週刊的封面就是程薇，一進公司，就有人拿給她看，標題是「程薇和馮實戀情長跑七年」，欣平翻開週刊，果然是文音寫的報導，她找到了程薇以前的同事，甚至刊出了一張員工旅遊時的合照，程薇剛好站在馮實身邊。

是旭清告訴文音的，這就是他們互換的消息？欣平想起自己曾經問旭清的問題：「你和文音究竟有多好？」現在她知道了，好到他可以出賣她，可以將她說的話，當作一條新聞，提供給文音。

「你看到了。」成大為看見欣平時說。

「程薇呢？她還好嗎？」

「這對收視率有幫助，她應該明白。」

「可是，也許她最在意的不是收視率。」

「那是什麼？她的愛情？還是她的隱私？本來她和馮實出遊的事，報上頂多炒兩天，如果不是現在又掀出，她還是個高中生時，就已經認識馮實了，誰還會關心？現在應該可以再多炒兩天。」

果然，接下來的兩天，報紙上繼續有關於程薇和馮實的報導，雖然多數是沒有經過證實的猜測，但是對程薇的傷害依然很大。成大為關注的只是收視率上升了兩個百分點，他努力想著有沒有辦法拉住，別讓收視率往下掉，這樣才可以穩拿到下一季合約。

連著幾天，旭清都沒來找欣平，欣平也沒打電話給他，她假裝沒有懷疑，假裝根本沒有想到旭清有提供消息給文音的可能。一天夜裡，欣平睡得正熟，電話卻響了，是成大為。

「欣平，你可以到醫院去一趟嗎？程薇自殺了。」

「什麼？」欣平的睡意全消。

「別緊張，她吞了安眠藥，醫生已經替她洗胃，現在沒事了，只是為了安全起見，要留院觀察。」

「你呢？你在哪裡？」

「家裡，我不能過去，她吞藥前，哭哭啼啼打電話來我家，我老婆有點懷疑……」

「我知道了，我會過去。」欣平說，心裡為程薇感到不值，緊要關頭，沒有人顧到她，也沒有人心疼她。

欣平匆忙換了衣服，坐計程車趕去醫院，還好記者們沒得到消息，只有程薇的助理在陪她，房間的牀頭亮著一盞燈光，程薇的臉色發青，人也看起來瘦了些，聽見有人進來，她勉強睜開眼，看見是欣平，又閉上了眼。

「製作人不能過來，你還好嗎？」欣平說。

「既然沒死成，我會好好的活下去。」程薇低聲說。

「不要管別人怎麼說，那都不重要，你要好好對待自己，不要做傻事，為了別人傷害自己，不值得的。」

程薇沉默著，眼睛望向窗外，眼神十分空洞，半晌，她突然開口，聲音很微弱，但是欣平一個字、一個字聽得清清楚楚：「我以為你和他們不一樣。」

欣平無法為自己辯解，雖然她還不能確定，但是她也認為這條消息是旭清提供給文音的，如果真是這樣，她就脫不了關係，她也是眾多傷害程薇的人之一，又有什麼立場站在這裡說一些勸慰的話，欣平突然覺得自己才是最虛偽的人，她在心裡不齒成大為的作為，但是她也一樣傷害了程薇，辜負了她的信任。

「我知道即使我無心傷害你，我依然沒有資格要求你原諒我，我只希望至少你不要再傷害自己，我會取消明天的錄影，你好好休息，時間排定了，我再和你聯絡。」

程薇什麼都沒說，她的助理送欣平出去，到了房門口，欣平叮囑她：「等醫生同意，立刻離開醫院，不然記者知道又要大作文章了。」

欣平離開醫院，她沒回家，因為知道不可能睡得著，凌晨三點，她知道一家二十四小時營業的咖啡店，於是叫了計程車過去，她坐在窗邊，喝著一壺送來後沒多久就涼透了的茶，看著天一點一點亮起來，原本寂靜的街道，先是出現晨起運動的人，接著是學生，然後是上班族，扮演不同的角色，趕往不同的場景，欣平望著窗外，她幾乎忘了這街景是真實的，沒有編劇，也沒有導演。

早上九點，欣平的手機響了，她還坐在窗邊喝茶。

「我想第一個告訴你，我升經理了。」旭清在電話裡說。

「恭喜你。」欣平話才出口，就發現自己語氣中的興奮是刻意的，她幾乎同時聯想到這件事和文音有關嗎？

「晚上我要請幾個同事吃飯，今天人事命令剛發佈。」

「你應該不是今天才知道，怎麼沒聽你提起？」欣平問。

「想等定案再告訴你，踏實些。」

掛了電話，欣平怔了怔，想起自己該去上班了，到公司得立刻協調新的進棚時間，在往公司的路上，欣平又撥了通電話給文音，約了文音吃午飯，她要弄清楚這是怎麼回事。

「那篇封面故事，你拿了多少獎金，也不請我吃飯。」一見到文音，欣平便說，她假裝知道一切來龍去脈，這樣文音沒有戒心，以為旭清都告訴她了，自然什麼都會說。

「我的獎金可比不上旭清的升職加薪，應該他請吃飯吧！」文音說，果然旭清升職和這件事有關。

「只有我什麼好處都沒撈著。」

「怎麼這麼說，旭清升職，你也與有榮焉，他是你男朋友，他的還不就是你的。」

「其實該謝的是程薇，是她幫了旭清。」欣平故意引文音往下說。

「誰想得到馮實的堂弟馮堅，竟然是旭清他們公司老總的大學同學，馮實如果不能接掌企業總裁的位置，最有可能的就是馮堅啦！反正經理那個位置懸缺兩個月了，一定會補人，旭清至少有五成的把握，這件事不過是臨門一腳，阻止了可能半路殺出的程咬金。」文音低頭切著盤中的炭烤鮭魚，完全沒有注意到欣平的表情。

原來是這樣，欣平怎麼也沒想到，旭清會和馮堅扯上關係，她想，他們幾個人的聯結，應該還有許多可以互惠的地方，馮堅、旭清，甚至文音，欣平原本以為旭清和文音走得近，是因為男女之情，她的心裡確實有些不是滋味；如今發現是為了工作上的利益，欣平非但沒覺得比較好過，反而更為自己感到難堪。

欣平寧願旭清是因為喜歡文音，所以不小心走漏消息，好過拿別人的隱私去獲得升職，前者是無心之過，後者卻是利益交換。

旭清升職的消息發佈後，連著兩個晚上都忙著和不同的人應酬，欣平慶幸自己不用立刻面對他，她必須重新思考兩個人的關係。程薇再出現在攝影棚時，已經完全看不出憔悴的模樣，上了妝的她看起來神采奕奕，當記者追問她和馮實之間的關係，她什麼也沒回答，只是笑了笑，然後說，這段時間害大家辛苦了，話鋒一轉，她向記者透露即將接演一檔週日晚間十點的連續劇，這是她首度嘗試戲劇演出，轉換跑道後，希望大家繼續支持她。

生活仍在繼續，成大為告訴欣平下一季的合約他有九成把握，欣平看著展現在她眼前的一片繁華，似乎只有她的心情是荒蕪的；她想起程薇在醫院時所說的話，既然沒死成，她會好好活下去。

「程小姐，五分鐘後開始錄影。」工作人員來化妝間提醒程薇，程薇向記者說了聲謝謝，對著鏡子仔細看了看臉上的妝，確定一切都沒問題後，她轉身走入攝影棚，穿過一片黑暗，站定在聚光燈下，這是她的人生，有真有假，有流言有心傷，但是她依然眷戀，所以走不出這一切。

欣平想起那一片海，海浪一波一波推湧向她，彷彿還聽得到浪濤的聲音，直到導播喊出：「五、四、三、二……」在程薇清脆甜美的開場中，碎掉的浪花終於落入了欣平的記憶。

布魯日情迷

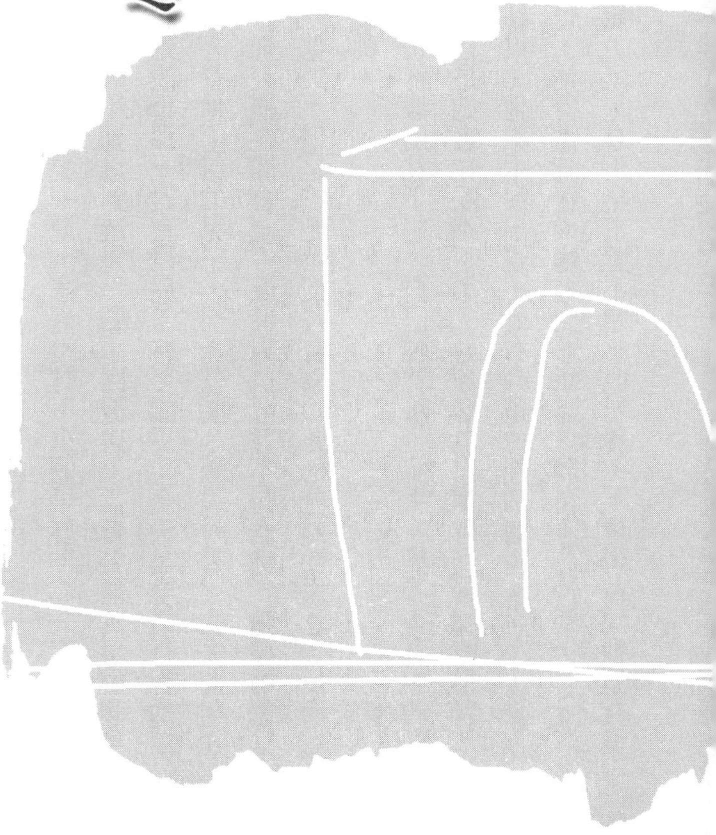

服務生過來，在白磁杯裡注入咖啡，孟萱低著頭，切開盤子裡的蛋捲，融化的起士混合著蕃茄、蘑菇流了出來，她沒有將叉子上的蛋捲送進口中，反而拿起牛角麵包咬了一口，然後很快的將餐廳巡視一遍，彥岷沒有下來吃早餐。

不會是睡過頭了吧？昨晚，彥岷和她逛到凌晨一點才回飯店。孟萱若無其事的和坐在對面的張副總閒聊，他正在和她說他那一對寶貝兒子有多調皮，今天是參訪行程的第六天，她猜張副總十分想念平常老惹他生氣的兒子，而孟萱呢？她思忖著，丈夫此刻在做什麼？現在是臺北下午二點，他大概在開會吧！她發現自己並不想念他，這樣的想法使她嚇了一跳，她知道自己是愛他的，但是，她不但沒有為短暫的分離而思念，反而在這短暫的分離中，有了出軌的衝動。

孟萱飛快打斷自己的念頭，彷彿繼續往下想，自己便背叛了丈夫。她喝盡杯中的咖啡，盤子裡的蛋捲還剩了一半，但是她實在吃不下了，她懷疑自己準時到餐廳吃早餐，是不是為了早一點看到彥岷，結果，他根本沒出現，她有種被忽視的感覺，至少，他沒有和她同樣的期望，受挫的感覺，使得孟萱在大廳遇到彥岷時，臉色十分冷淡。

「你這小子，昨晚到哪兒瘋去了，今天早上爬不起來吃早餐，不會現在房裡還有個女人吧！」張副總故意調侃彥岷。

「我的房間沒有Morning Call，真的，我一張開眼已經九點了，還好趕上集合。」彥岷認真的解釋。

「怎麼可能獨獨漏掉你的房間，一定是你沒聽到。」姜協理故意說：「是外國妞嗎？金頭髮？還是紅頭髮？」

彥岷笑了，偷偷望孟萱一眼，她趕忙轉身加入另一組人的談話，她猜他那一眼的意思是，昨晚我可是和你一起去酒吧喝酒聊天，但是我不會告訴他們，省得他們拿我們做謠言的男女主角。

遊覽車開到飯店門口，上車後，大家很自然維持著昨天延續下來的座位次序，孟萱坐在車尾，彥岷坐在車頭。其實，在中正機場時，她便覺得彥岷有些面熟，她以為以前見過他，只是一時想不起來在哪兒？直到昨晚，晚餐時她去化妝室，出來遇到彥岷站在那兒抽菸，看見她，他笑了笑，當她經過他身邊時，他說：「晚上我們出去逛一逛，好不好？到咖啡店喝杯咖啡，這是我們在巴黎的最後一晚，還沒去過巴黎的咖啡店呢！回飯店後十分鐘，我在門口等你。」

她看了他一眼，沒有回答他，但是就那一眼，她明白為什麼覺得他面熟了，他的眼睛像柏原崇。

回飯店後，有人提議去紅磨坊看秀，孟萱表示累了，進了電梯，她又想自己推說累了不去看秀，待會兒萬一給人撞見她和彥岷，更要引起誤會了。

孟萱回到房間，飛快的梳了頭髮、洗了臉，重新塗了一層淡淡的珠光口紅，沒有擦粉，她看了看腕錶，遲了五分鐘，她將鎖匙卡放入皮包中，關上房門的剎那，她有些訝異自己根本沒有猶豫要不要去，似乎他一提出邀請，她其實就已經決定赴約了。

飯店門口，彥岷氣定神閒的等她，他認為孟萱會來，孟萱有些不自在，被人看穿了似的，難道她希望他看到自己時有種喜出望外的感覺嗎？

「走吧！」彥岷說，兩個人併肩走入巴黎的夜色。

他們走在香榭大道上，一邊瀏覽打烊的商店櫥窗，一邊聊著臺灣的工作，燈光停在穿著入時的模特兒身上，今年的春裝流行粉紅、粉紫，全是鮮嫩的顏色，孟萱看見模特兒身上一件水藍有著貝殼圖案的裙子，她忍不住停了下來，在燈光下，那裙子的水藍像清澈的海水，她想起去年和老公去沙巴度假，就是這樣的海水，她出神望著。

「喜歡嗎？」彥岷問。

孟萱回過神，在玻璃櫥窗的倒影看見自己，及肩的髮被風吹亂了，即使只是玻璃反射出的身影，她也看見自己略顯疲憊的神色，那是三十五歲的女人，入夜後遮掩不住的倦容，她突然覺得自己老了，她應該再年輕一點，如果她是三十歲，或者二十八歲，巴黎的夜會是另一種感覺吧！

孟萱搖了搖頭。

凱旋門就在路的盡頭，在燈光的映射下，美麗得讓人不想移開目光，彥岷說起小時候，家裡牆上掛著的月曆，四月就是凱旋門的夜景，五月一日那天，他不讓媽媽翻過這一頁，他還想看凱旋門，媽媽拗不過他，只好將四月那一頁月曆貼在彥岷房間的牆上。

「我每天看著凱旋門入睡，大概看了一年。」彥岷說。

孟萱仰頭望著，風彷彿從四面八方吹向她，彥岷伸手撫順她被吹亂的髮絲，突然他低下頭，吻了孟萱，她來不及反應，不知道自己要推拒還是接受，彥岷的唇已經離開她的。

孟萱看見路的對面有一對正在擁吻的情侶，彥岷剛才的舉動，也許不是因為她，而是因為巴黎吧！她應該生他的氣嗎？為了他的造次。

彥岷什麼也沒說，他牽起孟萱的手，他們走進路邊一家小店，點了一瓶紅酒。

「你說約我喝咖啡？」孟萱說。

「不行，我怕失眠。」彥岷說：「我太亢奮了，這是我第一次站在凱旋門前。」

他沒有提到接吻的事，是因為凱旋門帶給他的亢奮，使他一時情不自禁嗎？孟萱喝了口酒，酒館內暈暗的燈光，彥岷不會看見她因為喝酒而臉紅，也不會看見她三十五歲的憔悴。

巴士開往布魯塞爾，這才是他們此行的重點，參加在布魯塞爾舉行的商展，選擇巴黎為進出點，只不過增加些吸引力，畢竟飛上十幾個小時，只為了在商展中參觀兩天，那真是辛苦又單調，所以他們先在巴黎玩了兩天。

中午，他們抵達了布魯塞爾，在商展附近用過簡單的午餐後，一進入會場，二十幾個人便各走各的，忙著去收集資料和交換名片。穿著高跟鞋的孟萱，才繞了會場半圈，已經覺得雙腳酸痛，看了看腕錶，原來她站了足足三個小時，難怪這麼累，她到休息區找了位置坐下，手上一杯卡布其諾，咖啡和肉桂混合的香氣，使她精神恢復不少。

「你在這裡？一進入會場，就沒看見你。」彥岷在孟萱身旁坐下。

「不多帶點資料回去，怎麼和老闆交代。」孟萱說，她還無法放下早上的冷淡，自作多情的感覺使她十分難受，她知道自己會這麼在意，和彥岷小她許多有關，一個三十五歲的女人以為一個二十七、八歲的男孩喜歡自己，被人知道了，絕對不會有好聽的話，難道這也是一種中年危機嗎？孟萱問自己。

「喏，送你的。」彥岷將一只白色的紙袋放在孟萱身旁。

孟萱打開袋口，裡面是那件水藍色有著貝殼圖案的裙子。

「你怎麼……」

「我打破櫥窗偷來的。」彥岷故意這樣說，隨即又笑道：「騙你的啦！」

孟萱望著他，等他往下說，覺得今天早上的冷淡實在是自己太多心了，但是她也更清楚的明白，她對彥岷是有些動心，不然，她不會有這樣的反應。

「我怎麼買到的？今天一早，我就跑去敲那家商店的門，他們九點才營業，在裡面打掃的店員本來不肯開門，我就掏出我的信用卡給她看，然後指著那件裙子，就像廣告那樣。」彥岷得意的說。

「她就開門了?」孟萱想，原來這是彥岷沒去吃早餐的原因。

「當然，她被我感動了，我告訴她今天我們就要離開巴黎了，我要買一件禮物給我女朋友，她說我的女朋友真幸福。」

女朋友?孟萱忍不住繼續多心，他口中「女朋友」這三個字是說給店員聽的?還是說給孟萱聽的?如果是說給孟萱聽，當作是一種表白，那麼他是存心忽略孟萱已婚的事實?或者對他而言，這只是旅途中的一段羅曼史。

第二天，孟萱穿上了彥岷送給她的裙子，她心虛得厲害，昨晚，他們又避開了其他人，單獨去吃晚餐、散步、聊天，為了怕遇到一起從臺北來的人，他們甚至不敢在舊皇宮的廣場上逗留，故意找了家較遠的餐廳，孟萱和彥岷都沒有主動提起應該避開其他人，但是他們卻很有默契的這樣做。

夜裡，孟萱打電話回臺北，丈夫在開會，她留話給助理，說一切都好，過兩天再打電話回來，放下電話，她有鬆了口氣的感覺，是因為不需要直接面對丈夫嗎?其實，除了彥岷在凱旋門前吻過她，他們什麼也沒做。

看到穿了新裙子的孟萱，彥岷的眼中流露出讚許，孟萱低下頭，想起沙巴清澈的海水，想起和丈夫難得的假期，以及丈夫在睡夢中喊錯的名字。

現在，關於這一片清澈海水的記憶，具體形成了一條裙子，而且又添入了彥岷。

今天傍晚，商展結束後，他們也就要離開布魯塞爾了，孟萱想把昨天沒繞到的攤位繞一遍，不是為了盡職，而是為了減少自己的不安，從D區走到E區，她看見彥岷正和張副總說話，她掉頭走了，希望他們沒看見她，彥岷卻跟了上來。

「我們把機票延後。」彥岷說。

「什麼？」孟萱不是沒聽清，只是一時沒有意會過來他的用心。

「我想過了，我們打電話將回程機位延後兩天，然後去布魯日。」

「為什麼？」孟萱無意識的反問，她的心太亂，這樣的邀約不能和巴黎的夜遊相提並論。

「為什麼延後回臺北？還是為什麼去布魯日？」彥岷反問，不等孟萱開口，他又接著往下說：「延後回臺北是因為我捨不得你，去布魯日是因為那是一座美麗的城市。」

「布魯日也在那本月曆上嗎？有凱旋門的那一本？」孟萱故意這樣問，她不知道該對彥岷的捨不得做何反應。

「不要拒絕我，我已經將我們兩人的機位延期了。」

「你……」孟萱應該生氣的，為了彥岷的自作主張，但是她發現自己並沒有生氣。

「我剛才告訴張副總在布魯塞爾遇到了一位以前的同學，想多留幾天，所以不和他們回去了。」彥岷注視著她：「找一個藉口，為了我。」

孟萱在電話裡對丈夫說了謊，丈夫對於她要延後回臺北完全沒有起疑。坐在彥岷租來的車裡，他們在傍晚時出發往布魯日，天際是豔麗的藍紫色，孟萱裙子的藍也暗了些，彷彿是更深一點的海水，更深一點的海水，才容得下四個人的祕密。

他們沒有事先訂房，卻一點也不擔心，可能因為有更大的不安。布魯日對孟萱而言是一座完全陌生的城市，當天色轉成墨藍，他們來到了布魯日，彥岷停好車，他們走在石塊砌成的道路上，古老的房子像是童話書裡的插畫，路邊一座雅緻的旅店，看起來頂多擁有三十間客房，孟萱開始覺得此行的莽撞，彥岷進去詢問，居然還有一間空房。

「有房間。」彥岷回頭和孟萱說，即刻在櫃臺前辦理住房手續。

有一間空房？他們兩人要在同一個房間裡過夜？孟萱完全沒想到這一個部分，現在只賸一間房了，如果她堅持要兩個房間，他們就得再去找其他旅店，已經走到這一步，這樣的堅持究竟意義何在？孟萱還在思索著，彥岷已經拿到房間鑰匙。

「走吧！放下行李，我們再去吃晚餐，我好餓哦！」彥岷的態度十分自然，一點猶疑也沒有。

孟萱隨彥岷進入房間，有二張單人牀，這樣讓孟萱自在些。

「你先挑，你習慣睡靠窗的牀嗎？」彥岷問。

孟萱選擇了裡側的一張牀。走出旅店，彥岷牽著她的手，天黑了，孟萱和彥岷的疲倦中潛藏著亢奮，短暫的出軌、短暫的私奔，孟萱忍不住想，丈夫也是在這樣的心情下，對那個叫蘭禾的女子動了心嗎？

聽到丈夫在睡夢中喊著別人的名字，孟萱並沒有質問丈夫，她只是開始留意他的行動，果然嗅出可疑的痕跡，有一回，丈夫撥了一通電話，匆匆忙忙說是復生有事和他當面談，拿了外套就出門了。復生是丈夫的死黨，她不認為是復生找他，孟萱按下重撥鍵，是個女人接電話，她的嗓音清脆：「徐蘭禾，你好。」

就是那個在睡夢中洩露的名字，孟萱沒有吭聲，沉默的放下電話，這個叫蘭禾的女人對她而言更具體了些。

彥岷點了牛排和比利時啤酒，他說：「比利時除了巧克力有名，啤酒也很有名哦！至於牛排，因為菜單是比利時文，我不知道我點的是哪一種口味。」

淺黃色的啤酒浮了一層細白的泡沫，在清淡的麥香中，還有一點點不易察覺的水果香，孟萱很快喝了半杯啤酒，冰涼的啤酒在夏天的夜晚分外好入口，她猜測彥岷的年齡至少小她七歲，為什麼他要來引誘她？為什麼她不想抗拒這誘惑？是報復丈夫的出軌？還是想了解丈夫出軌時的心情？又或者根本和丈夫無關，是她自己渴望一段新的戀情？

彥岷點的牛排是蒜味的，孟萱偷偷看了一眼腕錶，晚上九點，臺北下午四點，丈夫會約蘭禾晚餐嗎？吃完晚餐還有其他節目嗎？他渴望她嗎？這個念頭的出現，使得孟萱嚇了一跳，她喝了一大口啤酒，他渴望她嗎？待會兒她和彥岷會回到同一個房間裡，一間不到六坪大的房間，擺了兩張單人牀和兩張沙發。

她又喝了一口啤酒，這樣會使得心情輕鬆些嗎？那一夜，彥岷也喝了不少啤酒，他吻了她，他吻她的唇、她的頸項、她的耳朵，他的手一遍又一遍撫過她柔軟的乳房，但是，當她以為他會有更進一步的行動時，他停住了，回到自己的牀上，溫柔的對孟萱說了聲：晚安。

是什麼原因使彥岷卻步，覺得鬆了一口氣的孟萱，也同時出現受挫的情緒，她原本還在猶疑著，如果他進一步要解開她的衣扣時，她要拒絕他嗎？她還在猶豫，而他已經停止了，是因為他感覺出她的猶豫？還是因為發現自己並沒有那麼喜歡她。

孟萱原本以為，如果他們做愛了，第二天早上醒來會有些尷尬；現在她才知道，他們沒有做，其實也有些尷尬。

前一天到的時候，天色已經暗了，孟萱沒能看清布魯日，現在天光大好，她才發現這真是一座美麗的小城，他們手牽著手散步，瀏覽櫥窗裡陳列的巧克力、蕾絲花邊和磁器，馬車從身旁經過，馬蹄踩在石板路上叩叩作響，小城裡瀰漫的童話氣氛，使得孟萱的尷尬淡了許多。

「小時候，每天晚上我躺在牀上看著凱旋門，幻想長大後我要在凱旋門前親吻自己心愛的女人。」彥岷說。

他們併肩站在橋上，看著運河裡的船悠悠駛過，彥岷的話算是一種告白嗎？

「那麼，布魯日呢？月曆上不是也有布魯日嗎？」孟萱問，她不知道自己究竟想要確定些什麼。

「我想在布魯日結婚，用馬車將我的新娘接到像城堡一樣的教堂，婚禮有白鴿、有鮮花……」彥岷說，神情像個孩子。

「我以為只有小女孩才會幻想這些，小男孩應該幻想海盜，或者是星際戰士。」

「下個月我就要結婚了。」彥岷突然說。

孟萱怔了一下，這是彥岷誘惑她的原因嗎？婚前恐懼使得他渴望出軌，正好孟萱在這時候出現了，她已婚的身分，使得出軌的狀況容易控制許多，為了顧全自己的婚姻，他有把握她不會破壞他的婚禮，他是這樣想的嗎？

「恭喜你。」孟萱言不由衷的說，她只是不想顯得沒風度。

「我的未婚妻叫徐蘭禾，這個名字對你而言有任何意義嗎？」

「你……你的目的是什麼？」孟萱怎麼也想不到彥岷會是蘭禾的未婚夫，顯然他知道蘭禾和丈夫的事，才會找上她，她有一種受傷的感覺，這傷害不只來自於彥岷，也來自於丈夫，和她不曾見過的蘭禾，在那一剎那間，她甚至有些恨蘭禾，在這一片可以藏匿四個人的深藍海水中，她懷疑丈夫和彥岷愛的都是蘭禾，卻沒有人愛她。

「我原以為讓你喜歡上我，我可以心理平衡一點。」彥岷說，他的未婚妻愛上別的男人，所以他要那個男人的老婆也愛上他，或者不是真愛，只是短暫的情迷，也能讓他覺得扯平了。

「可是，昨天晚上，我發現自己真的喜歡你，所以我沒辦法和你做愛，我欺騙了你，但是，那是在我們離開臺北時的計畫，當我真正認識你，在凱旋門前吻你的那一刻，我已經情不自禁被你吸引。」

「不要再說了。」孟萱以為自己大吼了一聲，其實她只是低聲說了一句。

「對不起。」

「我想回去了。」孟萱說。

「孟萱，對不起。」

其實他可以不說的，她不一定會發現，現在，記憶中的藍依然清澈嗎？要多深多沉的藍，才能遮掩住愈來愈多的心事。

從布魯日開車回布魯塞爾，孟萱為自己感到難過，她以為自己遇到一段新戀情，想不到對方只是將她視為報復的工具。她漸漸明白，為什麼她不曾質問過丈夫蘭禾是誰？

因為她對自己沒有足夠的把握，她擔心一旦拆穿了，丈夫不是請她原諒他，而是希望她成全他，她還沒做好心理準備，她還無法接受丈夫可能愛別的女人甚過愛她。

孟萱在百般糾結的情緒中回到布魯塞爾，回想起昨天由這裡往布魯日的心情，真是天壤之別，而其間不過二十四小時，她笑自己太傻，輕易受了誘惑，讓自己落入難堪的境地。

她不怪彥岷，如果她先知道彥岷和蘭禾的關係，她也可能這樣做，有人從她這裡拿走了一些什麼，她拿不回原來的，就乾脆拿走那個人的東西，說穿了不過是這樣。

孟萱想，也許她會告訴丈夫這一切，關於蘭禾、彥岷和布魯日。

孟萱和彥岷各自懷抱著心事，度過了在布魯塞爾的最後一夜，隔天，他們就要飛回臺北了。

「我以為我們沒有做愛，就還可以做朋友。」彥岷在候機室裡對孟萱說。

「你讓我覺得自己像個自作多情的傻瓜。」孟萱覺得他們兩人都太天真了。

「我喜歡你，不想騙你，才會告訴你這一切。」彥岷說：「我想我不會和蘭禾結婚了。」

「為什麼?」

「一個錯誤還不算真正成型前,既然已經發現是錯誤,就應該阻止它繼續往下發展。」

「你不就是為了她,才會和我……」

「我這樣想的時候還不認識你。」

孟萱必須好好想一想,她的婚姻該怎麼辦?飛機在杜拜稍作停留後,重新回到天空,再降落時便是中正機場了,孟萱望著機場遠處的燈光,猜想著這是一座怎樣的城市,每一年有很多人從亞洲經過這裡,飛到歐洲,但是他們不曾進入杜拜,除了機場,他們沒有真正看過這城市;就像是出軌的戀情,如果自己是啟程地,而婚姻是目的地,中間經過的城市就像外遇,因為某種需求,好比能量的補充,所以作了短暫停留,但是大部分人並沒有真正看清它的面貌,或者也沒有試圖了解。

十幾個小時的飛行讓孟萱十分疲倦,當她拖著行李走進入境大廳,出乎意外的,丈夫竟然來接她,她並沒有告訴他班機抵達的時間。

「你不是要上班?」孟萱問,她看見彥岷從大廳的另一邊走,顯然是怕她為難。

「我請假了,我做了一個夢,就是你打電話給我,說要延兩天回來的時候,我夢到你愛上別人了。」丈夫接過她手中的行李。

「你呢?你有沒有背著我愛過其他女人?」孟萱故意問。

「我最愛你。」丈夫說，在真心中又有著避重就輕。

「不行，從今以後只愛我。」

「好，都聽你的，這幾天我好想你，你想我嗎?」

孟萱點點頭，彥岷已經走遠了，坐上丈夫的車，打開揹包拿出買給丈夫的手錶時，她發現揹包裡有一支手掌大的神燈，丈夫正站在車後，將孟萱的行李放進行李廂，她飛快拿出神燈，燈裡有一封簡短的信：「不要告訴他我們的事，我是男人，我知道他不可能一點都不介意。至於蘭禾，相信我，你的丈夫最愛的是你，蘭禾才會同意嫁給我，如果愛情是一場比賽，她知道自己沒法贏過你。我還有一句話要說，也是最重要的一句，我真的在凱旋門前吻了我愛的女人，即使短暫，但卻是真的。」

丈夫打開車門，坐進駕駛座。

「累嗎?」丈夫問。

「有一點。」孟萱將手錶遞給丈夫：「你的每一分、每一秒都不可以忘記我。」

「哇！這是魔咒嗎？」

是魔咒嗎？孟萱擱在揹包上的手，可以清楚感覺到那一盞神燈，彥岷在杜拜機場送給她的最後一份禮物，只要輕輕摩擦，便可以釋放這一段回憶，釋放出來的精靈將給予他們祝福，她曾經向外跨出了一步，但是她又回到了原處，這一步使得她願意多一點包容，給丈夫一個機會回到原處。

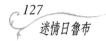

單身女子聊天室

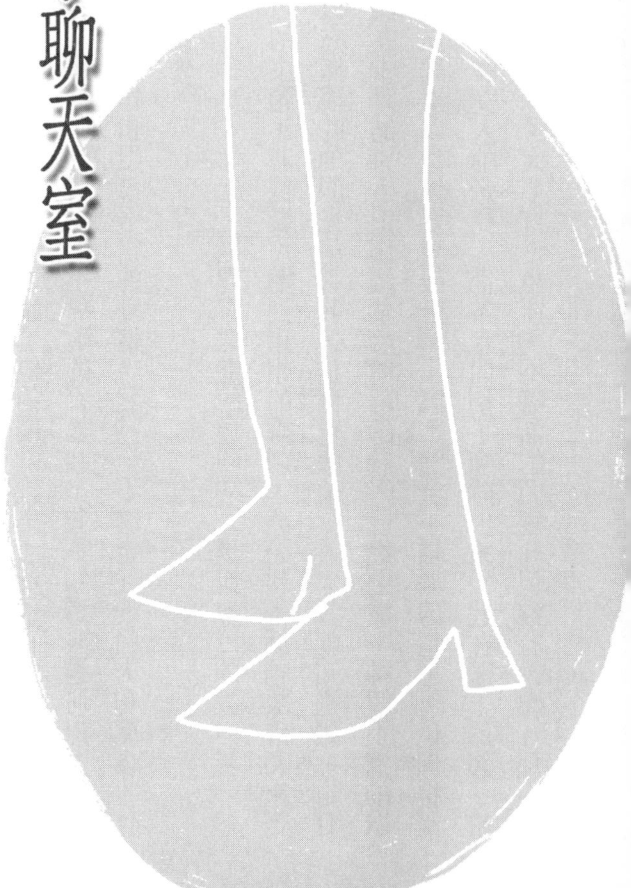

今天早上一睜開眼，我就已經知道這絕是不順利的一天。九點要開企劃會議，我居然八點四十五還在牀上，鬧鐘被我按掉了，但是我一點也不記得，為了不被盛怒的琪姐殺掉，我飛快的換衣服梳洗，在一頭亂髮抹厚厚的直髮慕斯，連鏡子都沒照，也不敢喝我每天起牀後一定要喝的咖啡，瘋了似的攔計程車，終於在九點零五分趕到公司，所有參與會議的人都坐在會議室，不耐煩的看著我，我不知道我還可以忍受這種混亂的生活多久？忙碌的工作和捉摸不定的愛情，我甚至不確定我的白天和黑夜，什麼時候的狀況比較不讓人意外。

「如果昨晚你在凱悅玩3P，你就可以理直氣壯的遲到。」琪姐冷冷的說。

SM是我們下週節目的主題，我假裝沒聽到琪姐的諷刺，開始報告話題設計和來賓邀約情形，薇薇安一直以充滿興味的眼光望著我，這個變態的女人，我就知道她一定有奇怪的癖好，終於，會議在十點結束，迫切渴望咖啡因的我，已經顯露出神智不清的狀態，走出會議室時，薇薇安說：「你換髮型設計師了嗎？」我不懂她的意思，也懶得深究，我需要咖啡，而不是無聊女人的意見，從茶水間倒了咖啡出來，我在牆上的鏡子看見一個讓人驚詫的女人，因為抹了太多直髮慕斯，不聽話的頭髮非但沒有柔順，反而因為風出現橫七豎八的刺蝟狀，天哪，我趕快喝了一大口咖啡，企圖讓自己鎮定，在詛咒薇薇安的同時，也咒罵昨天晚上因為手機接不通，而和我大吵一架的維辰。

昨天意外的可以準時下班，我高興的打電話給維辰，想約他晚餐，想不到維辰不在公司，手機從六點一直到八點都接不通；飢餓使我的血糖下降，而血糖下降使我暴躁，我都知道，但是因為生氣，我連先吃一塊巧克力糖也不願意，我固執的在他手機留言三次，然後每隔十分鐘撥一次，直到八點零五分他回電了。他說手機沒電，他沒注意，我當然不相信，於是我們大吵一架，他說我一定是生理期快到了，經前焦慮，我認為他避重就輕有事瞞著我，我們一直吵到九點。氣恨的放下電話後，我已經餓得發暈，到巷口買了鹽酥雞、炸花枝丸和甜不辣，自暴自棄到完全不在意熱量，又買了一大瓶汽水。我不知道他是不是偷偷拈花惹草，吵完架之後，我最氣的是自己為什麼這麼沒信心，像個妒婦般企圖以電話掌握他的行蹤，難道他不應該覺得追到我是件不容易的事，如果不小心維持，別的男人很可能因為我誘人的魅力而勇敢奪愛嗎？

問題是，已經有半年我的身邊沒有出現過新的追求者，連看不上眼的男人來獻殷勤也沒有，難怪我會充滿危機感。吃完最後一塊鹽酥雞，我開始為自己評分，腰圍粗了些，皮膚缺乏光澤，談吐勉強可以，經濟狀況乏善可陳，唯一可稱述的是沒有債務，仔細想想自己似乎真的沒有特別動人之處。但是……我之所以和他吵架全是因為愛他，在信心崩盤前，我為自己找到下臺階，我相信維辰冷靜下來後一定會明白，明天他就會打電話給我，說不定還有一束玫瑰花。

十一點三十分，在我喝完一大杯咖啡，並且用水重新將頭髮梳順之後，我已經大致恢復神智了，但是維辰竟然沒─有─打電話給我。

中午，卉珊來找我吃午餐，她說正好在附近，我們去吃義大利麵，卉珊聊起最近電視上討論不斷的八卦新聞，我想起下週要播出的ＳＭ話題，順口問她，如果男友要求可以接受嗎？卉珊想都沒想就說，滴蠟油可以，綑綁和鞭打不行，對於她流利的回答，我有點意外，衝口而出：「你有經驗？」卉珊白我一眼，像是我有多不知分寸似的，我不死心繼續問她，為什麼滴蠟油可以，綑綁和鞭打不行，她說：「鞭打會痛，一不小心還可能留下瘀青，至於綑綁，表面上看起來沒大礙，但是如果當你無法動彈時，對方拍下你的照片，不就糗大了。」原來如此，當我追問滴蠟油不也會痛嗎？我的手背突然一陣熱辣辣的感覺，卉珊冷不防用桌上的蠟燭在我手臂上滴了幾滴蠟油，她望著我似笑非笑的說：「怎麼樣？很刺激吧，但並不是很痛。」她果然是有經驗。

她問起維辰，我沒說我們吵架，卉珊對男人很有辦法，當然，她漂亮又有女人味，而且很重要的是她不歇斯底里，我不想讓她知道昨天的事，那讓我覺得沒面子。

下午，維辰依然沒打電話來，更別提玫瑰花了，打電話來的是原本答應上節目的女作家，現在反悔，因為她擔心在電視上大談ＳＭ有損形象，談得太外行，別人會笑她不懂裝懂，談得深入又會被人懷疑有變態癖好，萬一連她丈夫也懷疑起來，麻煩就大了，勸了半天無法挽回，只好忙著另覓人選。但是維辰究竟怎麼回事？意外的接到翊眉的電話，她假意問我蘭卡威的度假資訊，因為兩個月前我才從那度假回來，其實拐彎抹角是等著不經意說出昨天和維辰一起喝咖啡，時間剛好是晚上六點半，他們聊得很愉快，維辰告訴她我去過蘭卡威。原來當我打電話找不到他時，他和翊眉一起喝咖啡，我氣得顧不得維辰還沒打電話向我道歉，很沒原則的打電話給維辰揭發他，維辰聽完我的指控後，平靜的說：「我沒騙你，也沒和翊眉一起喝咖啡，我是和同事在速食店吃晚餐時，遇到翊眉，人很多沒有空檯子，所以她說和我們一起坐，我和同事吃完炸雞就走了。」是這樣嗎？那翊眉幹嘛巴巴的打電話來挑釁，我不肯罷休的又說，你為什麼昨天沒說遇到她，維辰回答：「因為根本不重要，而且我光是解釋手機沒電就解釋了半小時。」

雖然沒等到維辰的道歉電話和玫瑰花，但僵局似乎又打開了，我們約了週末去泡溫泉。接下來事情變得比較順利，我找到一位心理協談師願意上節目，她溫柔的說適當的ＳＭ其實是一種情緒發洩，尤其對性格怯懦的人而言，可以減輕罪惡感，小說《失樂園》中就有這樣的例子，外遇的女主角因為不安而要求情夫在做愛時打她，如果性虐待在兩廂情願且不造成傷害的情況下進行，不需要看得太嚴重。就是說嘛，果然專業的人乾脆。我其實對性虐待沒興趣，我在意的只是找不找得到適合的來賓向製作人交代。

晚上我在電話中告訴南茜關於維辰的事，南茜說，有些女人就是這樣，總以為別人的老公、男朋友都對她有意，找到機會就放電，這還不夠，還要親自來挑撥，如果你相信那就正好中了她的計，別傻了。不過南茜也認為我生氣主要是因為自信心在減低中，她說景氣差很難從加薪得到自我肯定，剩下的就是愛情囉，偏偏我又感覺不到自己的吸引力，不但招不來蜂引不來蝶，就連正牌男友也顯得漫不經心，難怪我會恐慌，她建議我換個造型，穿些有女人味的衣服，不要因為天氣冷就用大外套將自己整個裹起。我真的需要其他追求者來肯定自己的魅力嗎？一個二十六歲的女人除了偶爾上網和陌生人聊天，已經半年沒有陌生男人示好，真是有失顏面，我得振作自己，重新出發，和維辰在一起後，我至少胖了三公斤，這是男人的陷阱，哄騙你胖了他也愛你，好降低你在別的男人眼中的魅力，從明天起我要開始減肥，定期敷面膜，還有頭髮也該整理了，畢竟想穿有女人味的衣服，得先有適合的曲線才行。

中午，薇薇安經過我的桌邊，以高八度的激昂語音假裝驚訝的說：「蒟蒻涼麵，這就是你的午餐，不會吧，就算想減肥，也不用如此虐待自己，至少花點錢去買代餐嘛。」霎時間，辦公室裡所有的目光都集中在我身上，我不知道為什麼我要覺得很尷尬？是因為想減肥？還是因為沒有花錢買代餐？只是很偷懶的在便利商店買了一盒蒟蒻涼麵。「我們要去樓下新開的餐廳吃披薩，要不要一起去？」薇薇安一邊笑，一邊款擺著她那傲人的身材走了出去。

我氣得不得了，薇薇安實在太囂張了，這樣囂張的女人卻又擁有３５、２４、３５這樣的魔鬼身材，老天真是太不公平了。我深吸一口氣，千萬別中計，我可是下定決心減肥的，這個週末和維辰去礁溪泡湯，一脫衣服，我就後悔答應他兩人一起在湯屋裡泡，我的腰圍至少大了一吋，站著時還好，坐下來馬上出現一圈肥肉，雖然稱不上救生圈，也夠讓人難為情，沒有人站著泡溫泉，我只好儘量維持背部挺直的坐姿，希望維辰不會發現我腰部的變化，偏偏這傢伙眼尖得很，他輕輕捏了我腰側一下，說：「平常親熱，總是躺著，看不出來，下次應該換你在上面，說不定有緊實小腹的功效。」我狠狠的瞪著他，直到他閉嘴。

下午，琪姐推翻了我擬的所有主題，要我下班前提出新的給她，這個節目已經做了一年，每週播出一次，也就是說我們已經討論了五十幾個兩性話題，男人和女人不就是那麼回事，一方想套住對方，另一方不想被套住，我在心裡偷偷詛咒琪姐，這麼難纏又不懂得體貼的人，難怪愛情路上乏人問津。正因為想得入神，而腦中呈現一片空白時，南茜打電話來了，說她男朋友小唐向她借三萬元，她拒絕了，結果小唐竟然背著她和別的女人約會，我說，小唐偷腥和沒借到錢兩者未必有直接關係，而且，小唐不是第一次向南茜借錢，之前借的多半是有去無回，南茜是不是應該仔細考慮一下兩人的關係。

「小唐這一回是為什麼向妳借錢？」我好奇的問。

「他把原來應該付房租和信用卡帳款的錢拿去買了樂透彩。」

「三萬元？分六期買每期可以買一百張，難道都沒中嗎？」

「他說只中了幾個小獎，他又換成新的樂透彩。」

「如果他中了大獎，你認為他會不會告訴你？」我問南茜的同時，心裡也正問自己，如果維辰中了幾千萬彩金，他會告訴我，和我分享嗎？

「我想會吧，因為我們還沒結婚，如果我們結婚了，他大概就不會說了，幾千萬在外面玩什麼不行，告訴老婆，老婆想換新房子，全家出國旅行，買幾樣名牌奢侈一下，再把其餘的獎金存進銀行，他什麼也撈不著，當然不說了。」

這個主題不錯，下週討論如果你中了五千萬獎金，你會誠實告訴自己的配偶或情人嗎？恐怕有些人覺得自己身價不同了，根本就該換個新情人。掛了電話就去和琪姐說，如果她同意，我只要擬好她認可的來賓名單，今晚就不用加班了。

南茜問我，是不是覺得小唐的財務問題比他花心的問題更嚴重？

「錢的問題每一天都直接影響到生活，他完全缺乏規劃能力，這樣你會很辛苦，這是根本問題，根本問題解決了，再考慮他對愛情的忠貞度也不遲。」

「你講的道理我懂，但是我比較在意的是他感情上的出軌。」

大多數人似乎都是這樣想，不論男人和女人，你愛的人有很多爛毛病，你都試著忍受，唯一不能忍受的就是情感上有了外遇，外遇會比他嗜賭、吸毒、酗酒，或者是為非作歹、不務正業更嚴重嗎？

下午四點我向琪姐提出新的主題，果然她覺得很有趣，五點我把來賓名單給她看，她面無表情的說：「做了這麼久，你也該進入狀況了。」咻比，這就表示我可以在六點下班了，我高興的撥電話給維辰，這一回他在辦公室，不幸的是，雖然我不用加班，他卻要加班。

南茜晚上要發稿，十點才下班。我打電話給卉珊，難得今晚她沒約會，她說再搶手的女人，偶爾也要休息一下，我們決定去逛街，採購春裝，雖然折扣還沒開始，但是搶先穿上當季新裝的感覺真的很棒。

卉珊一口氣刷卡買了三套春裝，花了兩萬五，她說這是她的生日禮物，下星期是她的生日，她的男朋友給了她一張卡，要她自己去挑禮物，我問她：「是新男朋友嗎？怎麼不等他陪你來挑。」

「他不方便和我一起出現在百貨公司。」卉珊十分平淡的說。

「不方便？他是公眾人物嗎？」這是我的直覺反應，卉珊白了我一眼，我的直覺方向錯誤，那麼，難道是因為他有太太？

「你不必這麼大聲吧。」

「你不是說談戀愛有三不原則嗎？不將就、不強求、不委曲求全。和有婦之夫談戀愛，至少違背了兩項原則，作為第三者，不委屈自己戀情難以為繼，陷下去之後，希望有未來是人之常情，那不就是強求了嗎？」

「我沒有強求，他們的感情本來就不好，現在已經分居了，離婚只是早晚的問題，我們維持低調，是不想節外生枝。」

「那你為什麼要藉消費來發洩？」卉珊買的三件春裝連試都沒試，我剛才就覺得有點奇怪。

卉珊沒說話，從架上取下一件連身洋裝說很適合我，要我去試穿，試衣鏡前的我像是瘦了兩公斤，果然適合我，今天中午我因為只吃了一盒蒟蒻涼麵，下午不到四點就餓得受不了，又吃了半包高纖餅乾，現在這件衣服立刻創造了我想要的效果，搞不好薇薇安的身材並沒有那麼好，她只是比我懂得穿衣服罷了。

拎著裝了新衣的購物紙袋，心情馬上就不一樣了，卉珊說有點渴，我們到巷子裡一家佈置典雅的小店喝花茶，我不死心的選了有消脂效果的山楂茶，卉珊突然拾起剛才的話題，說：「今天他陪孩子去看電影，我猜想他太太也會去，所以心裡不舒服，你說得對，不委屈根本難以為繼，以前只是沒碰到。」

想不到愛情路上一直左右逢源的卉珊也會為愛苦惱，我問她愛他什麼，她說他是最了解她的男人，知道她在想什麼，需要什麼。

回家之後，喝了一整壺山楂茶的我又餓了，反正我已經有一件穿上看起來瘦了兩公斤的新洋裝，我決定明天穿上它向薇薇安示威，還要約維辰見面，現在就吃一點點宵夜也沒什麼大礙吧，結果我吃了五片奶油夾心酥。

悲慘的是，第二天氣溫驟降，不但沒法穿新衣，還得穿上厚毛衣，我看起來又胖了兩公斤。至於卉珊和南茜的感情問題，介入別人婚姻的第三者和男女朋友間該不該有金錢往來，都是我們在節目中討論過的話題，那些專家們的建議，我卻無法對她們說出口，有些事真得遇到了，才知道要保持理智很難，談戀愛如此，減肥又何嘗不是。

我不知道別人的生日願望是什麼？我已經連續好幾年那個不公開的心願都是讓我早點遇到我的 Mr. Right，如果生日願望沒能實現，是不是可以向上帝爭取年齡少增加一歲，因為顯然那一年日子是白過的，但歲數一樣變老，實在太不公平了。

是不是女人比男人在意過生日，至少我就沒聽說過有男人因為女朋友忘了他的生日而生氣的，琪姐聽了我的想法，她說，二十幾歲的女人才在意過生日，三十幾歲的女人只希望收到禮物，但是沒人記得是因為她過生日，因為生日會提醒別人注意她的年齡。

卉珊才二十六歲，對生日應該沒這麼敏感，我想和她說聲生日快樂，結果打了一天的電話，都沒找到她，公司說她請假，家裡電話沒人接，手機也關機，我只能在語音信箱留言。

隔了兩天，她才回電給我，原來她去澳門了，為了幫她過生日，男朋友帶她去澳門，在新開幕的觀光塔旋轉餐廳吃晚餐，住在海邊的 Westin 度假飯店，她有些無奈的說，只有離開臺灣，他們才能手牽手走在街頭，不用時時刻刻擔心遇到熟人。

雖然卉珊的男友因為還沒離成婚，所以見不得光有些無奈，但是卉珊的男朋友也算用心了，為她安排了兩天假，去年我過生日，維辰只請我吃了一頓飯，送了一條真愛密碼手鍊，手鍊還是經過我的暗示。

卉珊的生日已經過了，但我和南茜還是約卉珊出來吃飯，卉珊的手腕上有一條我們不曾見過的手鍊，我問她是不是男朋友送的，她說也算是，不過是前任男友皮皮，現任男友家康送的是愛馬仕的皮包，愛馬仕皮包售價頗高，再加上澳門度假，算是大手筆，但是卉珊寧願他送她一只戒子，那是承諾的暗示，愛馬仕皮包只要花得起錢，送誰都可以，不是嗎？

「你和皮皮已經分手了，還收他的禮物，好嗎？」南茜問。

「我接受他的禮物，表示我們還是朋友，把禮物退回去，豈不是連朋友都不願意做了，我覺得那樣太傷人。」卉珊的語氣十分溫柔，她總是這樣，就連抱怨都有一種媚態。

「我怕他不這樣想。」南茜說，南茜的態度就理智得多，是不是感情路上受傷多了，只好以理智保護自己，沒法依靠男人保護的女人，只好自己堅強些。

其實卉珊也不是真的需要男人保護，只不過既然有人心甘情願照顧她，她也樂的輕鬆，可以茶來伸手飯來張口，誰想每天辛苦劈柴生火。

「把皮皮留著做備胎也好，反正卉珊現在已經有男朋友的事，皮皮也知道。」我的話才說完，兩個女人同時白我一眼，我不知道她們是嫌我不道德，還是覺得好馬還吃回頭草太沒志氣，也許一人一種想法吧。

餐廳靠窗的位置有一對男女，看起來穿著入時，他們已經點好餐，但還沒開始上菜，男人手上拿了一疊報表在看，女人則在看一本購物型錄。

「你們看，結了婚就是這樣子，兩個人變得無話可說。」我指給卉珊和南茜看。

「至少這個老公還知道上進，看的是公司報表，老婆看購物型錄消磨等待用餐的時間，生活應該算是寬裕。同樣乏善可陳的生活，如果老公提供的物質條件好些，那乏善可陳四個字也變得比較精緻，萬一再加上生活困窘，豈不更難忍受。」卉珊說。

卉珊之所以願意和一個結了婚的男人交往，是因為他有較好的經濟能力嗎？只要他離成婚，她就可以入主豪宅，衣食無憂，雖然他是不是一定會離婚娶卉珊，還是一個未知數，但是比起南茜那不知上進還敢花心的男朋友小唐，勝算似乎還大一些。小唐除了長得帥，幾乎一無可取，一毛積蓄也沒有，還好幾次被南茜發現他在外偷腥，我和卉珊私下猜測，是不是小唐某方面的能力和技巧特別好，才能讓南茜留在他身邊，光憑長得帥，一開始騙美眉是挺好用的，時間久了，長得再帥也不可能持續加分，至少不如多金和體貼來得實用。

那麼，維辰呢？他長得沒有小唐帥，只比小唐富有一點點，忙起工作時完全忘了世界上還有我的存在。有一個總統候選人曾經用衛生棉來形容自己，讓人幾乎忘了他的存在，我想對很多男人而言，老婆可能最好也像衛生棉一樣，愈是感覺不到負擔的愈好。

第二天，我一進辦公室，立刻被叫進琪姐的辦公室，她說節目收視率有下滑趨勢，我們在不增加預算的情況下設計一個新單元，她要我和薇薇安各提出一個企劃案，下星期給她，企劃案通過的人全權負責新單元。

我和薇薇安之間顯然又將有衝突發生，薇薇安會提出什麼樣的企劃呢？真想下班後偷偷潛回辦公室，打開她的電腦看看，知道她的案子怎麼作，我再針對她的不足作修正，勝算應該大得多吧。但萬一被發現，豈不是丟臉丟大了，在薇薇安面前一輩子都別想抬起頭，但為什麼會被發現呢？我們辦公室總不至於裝針孔攝影機吧，薇薇安應該也沒本事從鍵盤上採指紋，我胡思亂想了一大堆，就是沒想企劃案該怎麼作？

今天是星期五，琪姐說的下星期是指星期幾呢？如果是星期一，就只剩三天，如果是星期五，可還有八天呢！當我正在計算時間時，突然出現一個念頭，如果有一部機器可以將一個人每天腦中所想的事記錄下來，我的老闆一定會開除我，原來我總在想一些沒有用的事。

我還沒來得及將自己的腦袋振作起來，下午就頭痛起來，不只是頭痛，還有喉嚨痛和發冷，我猜我正在發燒，這是這一波流行感冒的徵兆，這個時候感冒，豈不是便宜了薇薇安，我故意繞到她的座位旁大口吐氣，希望將病毒傳染給她，競爭應該要公平嘛。

下班後，我決定拿著傲人的健保A卡去診所掛號，也許醫生有辦法讓我快點好，當護士小姐叫了我的名字，我走進診療室看見醫生是如此年輕又英俊時，希望快點好的念頭消失了，只要感冒不好，我天天有藉口來看他，就讓我晉升到B卡C卡甚至D卡吧，他會不會就是我的生日願望？我一直懷疑維辰是不是我的Mr. Right，現在更要好好想一想了。

晚上，維辰打電話給我，從我濃濃的鼻音，他不費一點力氣的發現我感冒了，他囑咐我要多喝水早點睡，就這樣，沒有更多關心，像是你想吃點什麼？廣東粥還是雲吞湯？我帶去給你，或是明天要不要我陪你去看醫生之類的，他只是自顧自的告訴我，下週一他要去花蓮出差，週三回來，要不要帶花蓮薯或小米麻薯給我。

哼，不勞費神，那麼帥的醫生，我才不想讓他知道我有男朋友呢，不陪我去最好。

第二天，雖然吃了藥，但感冒症狀卻沒有好轉跡象，也許他人長得帥，但醫術卻沒有特別好吧，沒關係，我不著急，藥下得太重反而傷身體，我藉口出現新症狀，雖然他已經開了三天藥，又去掛了號，他有些驚訝，又開了兩天藥給我，說我太心急，這些藥吃完沒有好再回去複診就行了。

我離開診所，心想，第一，他是個有良心的醫生，不想浪費健保局的錢，第二，他對我完全沒有意思，所以無意多做接觸，不然他幹嘛再開兩天藥給我，他可以等我週一複診時再開藥，現在我得等到週三才複診了。

週一，我依然是以兵荒馬亂的姿態出現在辦公室，琪姐又按分機叫我進辦公室，我連咖啡都來不及喝，她說她已經看了薇薇安的企劃案，想看看我的，現在我知道她所說的下星期是指星期一了，我硬著頭皮說因為感冒沒來得及打好，我可以在下班前趕給她，琪姐說不用了，現在口頭報告就好。

口頭報告，我不能再說我還沒想好，那她一定會發飆，而且案子就會交給薇薇安，我飛快在腦中搜尋，突然想到南茜，她是跑影劇的，我可以找她幫忙，靈機一動，於是我說計畫出機訪問藝人和時髦行業的年輕人，針對我們設計的話題發表看法，比如說話題是老少配，就問問他們可以接受的情人年齡範圍是多少，話題是性派對，就問他們有機會想參加嗎？製作預算完全不會增加，偶像明星曝光還可以吸引觀眾。

我其實覺得這是個很爛的點子，但是別無他法，只好將這個爛點子講得天花亂墜、口沫橫飛，希望琪姐以為我很認真，或是乾脆傳染她感冒，頭腦失去清醒後，她也就無從判斷優劣了。

下午琪姐決定採用我的提議，由我全權負責，我昂著頭走過薇薇安的桌旁，這下我總算出了一口氣。薇薇安卻假裝不在意的說，這下你要忙翻天了，累得像條狗卻拿不到額外的一分錢，她說得沒錯，我的工作量增加了，但是薪水一樣，因為這項企劃案的前提是不增加預算，而且和我一起出機的攝影搞不好還會埋怨我，為了平復他的怨氣，我只好自掏腰包請他喝珍珠奶茶，表面上似乎是我贏了，但我已經看見接下來的一堆麻煩事。

我打電話給維辰，想跟他說我要接新單元的事，他的電話接不通，他真的是去出差嗎？同行的人中有沒有年輕美眉呢？也許他已經發展出辦公室戀情，所以他主動爭取出差，我再度發揮胡思亂想的本領，直到琪姐打斷我，她說：「新單元下週推出。」

天哪，主管就是這樣，只要輕輕鬆鬆說一句，累死的是我們。

這時候南茜的電話來了，我還來不及開口向她求救，她先就堵住我的嘴，有一個女人來找她，自稱是小唐的女朋友，希望她離開小唐。

「你問小唐了嗎？」

「問了，他說那女人是神經病，叫我不要理她，她是他客戶公司的總機小姐，小唐因為常有事麻煩她，所以送過她一些巧克力之類的小禮物，沒想到她誤會了，真是胡扯，我當然知道事情沒這麼簡單。」

「你要小唐當著她的面，三個人一起講清楚。」

「我說了，但是小唐說客戶的生意他還要做，撕破臉的話，恐怕沒法做下去。」

「那個女人漂亮嗎？」我問。

「漂亮，既年輕又漂亮。」

我一時不知道該接什麼話，就沉默著。

「我是不是該算了。」南茜問。

「只有你自己知道答案。」

掛了南茜的電話，我又撥維辰的手機，還是接不通。

晚上他打電話給我時，我問他為什麼關機，他只輕描淡寫的說了一句：「開重要的會議，關掉手機是一種基本禮貌。」

是我太多心了嗎？我不想再問下去，上次有位上節目的來賓說，情人的問題愈多，吵架的次數也就愈多，甜蜜指數也就相對降低，這時候如果出現一位善體人意的異性朋友，愛情危機也就發生了。好吧，我想起柔能克剛這句話，向維辰撒嬌說，我的身體有多不舒服，而新工作又有多重，我好希望他在我身邊，果然維辰說，星期三一回臺北就打電話給我，如果我不用加班，也許我們可以一起吃晚飯。

現在天氣暖和了不少，我的新春裝應該可以派上用場了。現代女性真是辛苦，不但要在職場上和男人競爭，靠才能養活自己，還要在情場上和女性競爭，才不會落到孤獨終老的下場。

唯一可以安慰的是，因為感冒胃口變差，我的體重也下降了零點五公斤，繁忙的新工作也許可以給我一個比較理想的體重，這也算是收穫吧。

知道卉珊愛上有婦之夫，已經讓我感到驚訝，沒想到她又在電話中說出另一個嚇我一跳的消息，她懷孕了，我努力鎮定，保持冷靜，儘量維持輕鬆的語氣，說：「反正他就快和老婆離婚了，妳就安心待產吧。」

「他希望我拿掉。」

不知道為什麼，我覺得隨著這句話一起從手機飄出來的還有一縷菸味，我彷彿看見卉珊弓著雙膝坐在米色地毯上，手指間夾著一支菸，她一不安菸就抽得多，而她腳邊的菸盒還寫著吸菸會導致早產之類的字樣。

「你有問他為什麼嗎？」

「他說，畢竟他太太還沒簽字，萬一被他太太知道我懷孕，可以告我，就更麻煩了。」

他這樣說不是沒道理，畢竟臺灣還是一個有通姦罪的國家，雖然我一直不明白，如果一段感情需要靠法律來維持，還有什麼繼續下去的理由？殺人搶劫偷竊都是犯罪，但是你不愛一個人了，雖然就某種角度來說，我們也可以說你搶了他的快樂殺了他的愛情偷了他的心，但是，這種過錯不該由法律來制裁。

「我覺得他根本就不想要這個孩子，也或者，他根本就不想和我結婚。有人說，男人如果有外遇，離婚之後，多半不會和外遇的對象結婚，他們覺得好不容易恢復單身，為什麼急著跳入另一個牢籠？即使將來想再婚，也可以重新追求別的女人。」

「你呢？你真想嫁給他？想生下這個孩子嗎？」

卉珊也不知道，她原本並不急著結婚，更不急著懷孕，但是他的態度傷害了她，她覺得即使他認為不得已非拿掉這個孩子，他也應該捨不得，捨不得她和她的孩子，捨不得她承受因為墮胎對身體造成的傷害，她感覺不到他的不捨，只感覺到他希望盡快解決這個問題。

在她肚子裡的胚胎，是他心頭的麻煩。

「你可以陪我去嗎？」卉珊問。

「當然可以，只是我以為你會希望他陪你去。」

「我當然希望，但是看到他一點也不緊張我，我又會覺得難過，這對我來說是件大事，但是對他來說我想不是第一次遇到，他已經經歷過太太兩次生產，說不定他太太也曾墮過胎，那天我們一起去診所檢查，他那種墮胎和拔牙沒有太大不同的心情，讓我覺得自己很不值得。」

一個女人懷了孕，卻沒人為這件事興奮，擺在她前面唯一一條路是墮胎，這實在是蠻慘的。

然而，慘的不只是卉珊，南茜也夠慘了。小唐向她同事借了兩萬元，謊稱是南茜開車不小心撞壞了別人的車，要他拿兩萬元過去，偏偏他沒帶提款卡，同事因為認識小唐，不疑有他，立刻下樓去提款機提錢給在報社門口等的小唐。等晚上南茜進報社，同事問她還好嗎？這才拆穿，南茜立刻拿錢還給同事，兩萬元事小，但小唐的行為讓南茜難堪極了。

「我絕對不會再和他繼續下去，我已經申請手機和電話換號，而且告訴所有見過小唐的同事和朋友，我們分手了，天哪，一段感情結束，為什麼還得搞到如此不堪的地步。」

「他還欠你多少錢？」我問，這是一個無趣但實際的問題。

「二十幾萬吧，我不指望他還錢，只希望他從我的生活中消失，就當作是破財消災。」

初識時的甜蜜早已蕩然無存，更慘的是，還演變成一場災難。

「其實這也不是最糟的，你知道嗎？有個女歌手出片之後有了名氣，她以前的男朋友向她要一百萬元分手費，威脅她如果不給，要揭發她曾經墮胎，她墮胎也是為了他，他不覺得愧疚，還有臉拿出來說。」

我想在報社工作的好處之一，是你永遠可以找到比自己慘好幾倍的例子來安慰自己。

為什麼？為什麼感情總是要走到這一步，大家才肯放手？在行至盡頭前，自己並非全然不知這條路很可能走不下去，但還是不死心的往下走，直到自己遍體鱗傷，心灰意冷，才肯放棄。

我不知道卉珊和南茜誰受的傷比較重？也許就是因為感情的傷害難以評定，所以幾乎找不到公平的對待方式。

我其實也有一個很想說出來的祕密，但是卉珊和南茜的心情已經盪到谷底，我還拿自己的事去煩她們，那真是太沒道義了。

半年多來，除了和維辰交往，我身邊再也沒出現過其他對我表示好感，想要試探和我交往可能性的男人。有人說到了適婚年齡卻還遲遲沒有結婚的人，多數是婚姻市場上的瑕疵品，總有某些方面有問題，我雖然有一個男朋友，但顯然不是市場上熱銷的搶手貨。終於，昨天來錄影的一位來賓，空檔時和我聊了很多，起先我以為他只是禮貌的寒暄，後來我發現他是刻意找我說話，錄影結束，他問我可不可以約我吃飯，向我要了手機號碼。

我給他了，如果南茜知道，南茜會認為這表示我已經有背叛維辰的意圖，但是卉珊會說，談戀愛不是坐牢，難道交一個男朋友就失去自由了嗎？我當然有權利認識其他男人，甚至如果遇到比維辰更適合我的，移情別戀也無妨。但是，左挑右選的卉珊，卻為自己挑了個有老婆的男人，看來愛情真是沒道理可講。

道理我懶得想。今天中午，我已經和那位在電腦公司任職的來賓蕭世傑共進午餐，餐廳是他挑選的，菜也是他點的，更重要的是，午餐結束前，他已經提出下一次約會的邀請，我突然發現男人只有在剛開始追求異性時，喜歡採取主動，先是主動安排約會，接著主動牽手、接吻、做愛，等一切都穩定了，就只剩下主動做愛。

離開餐廳時，我問自己蕭世傑比維辰好嗎？我是想換口味還是證明自己的魅力？我知道自己還是愛維辰的，只是他最近總是在忙工作，被冷落久了，有時我也會懷疑是因為工作比我重要？還是他另有新歡？總而言之，我讓他太有把握了，他才敢如此輕忽。

這就是我答應蕭世傑下星期和他一起去看電影的原因嗎？

晚上因為等不到維辰的電話，於是我撥了他的手機，電話一接通，一片嘈雜聲掩蓋而來，他說和同事一塊去唱 KTV，太吵了，聽不清我說話，晚一點再 Call 我，匆匆忙忙收了線，留下我握著電話發愣，如果他問我要不要過去，或是去之前先打個電話給我，是不是我的心裡會舒服些？

我突然不想留在家裡，等他待會兒打電話給我，我約南茜去Pub，南茜一個小時後下班，我可以在她報社附近的Pub等她。今天南茜需要喝杯酒，我也需要，只是我們的理由不同，在Pub裡每一個人都有喝酒的理由，你會發現自己的理由並沒什麼特別，這讓我覺得安心，原來別人的生活更古怪。

感情生活不明朗，工作還是得繼續。新單元第一天出機的狀況讓我想撞牆，我們約好了三位藝人，談的話題是「如果你被偷拍，你最怕被人拍到什麼？」那位剛出道據說尚不滿二十歲的女歌手聽完我的問題，吃吃的笑了起來，其實她真的長得很漂亮，但是她的回答讓人猶豫該不該播出，她笑完之後，以清脆甜美的聲音說：「偷拍是一件非常不道德的事，侵犯別人的隱私權，所以我從來不看偷拍光碟，這一次的偷拍光碟這麼轟動，我還是堅持不看。」我愣住啦，我們在玩雞同鴨講嗎？她的回答和我的問題似乎沒有直接關係，但這時候至少我們都還在講偷拍這檔子事，接下來就更勁爆了，我敷衍的附和了她兩句，然後又重複一遍我的問題，她的表情變得很認真，然後說：「盜錄也是違法行為，嚴重侵犯著作權，我希望支持我的歌迷們都能買正版品，不要買盜版品。」

攝影做了一個掏心掏肝的動作，雖然一晃即過，我還是看到了，這位美麗的歌手是怎麼回事？一直裝白癡，或者她真是白癡？我問宣傳這怎麼回事？她不會是嗑藥了吧，宣傳說，她弄錯了，以為是另一個訪問，所以回答得很詭異，給她五分鐘，她馬上會記起正確答案。

接下來的兩位雖然比較正常，但是一位化妝讓我們等了一個小時，只為了錄兩分鐘的鏡頭，另一位則說話顛顛倒倒，結果重錄了八次，他才OK。

忙了一個下午，我累斃了，難道這就是我以後的生活嗎？天哪，我做錯什麼，要受這種懲罰，不過是一時偷懶沒寫企劃案罷了。我正在怨天尤人時，維辰的電話來了。他向我解釋昨晚和同事唱完KTV，又去吃宵夜，他多喝了點酒，想起要打電話給我時，已經凌晨一點，他怕我睡了，吵醒我，所以沒打，下午想打時，我的手機一直關機；我說整個下午在錄影，關了就沒開。原來他根本就不知道我昨晚不在家，我以為他會有些緊張，問我昨晚和誰出去了，雖然我只是窮極無聊和南茜在Pub喝了一杯馬丁尼，結果他什麼都沒發現，和他唱歌吃宵夜的是女同事嗎？話已經到了嘴邊，但我沒問出口，我不想顯得太在乎他。

維辰的電話剛掛，蕭世傑打電話進來，問我晚上有沒有空一起去看「魔戒」，正好剛才維辰說昨晚太累，只睡了四個小時，今天要早點回家補眠，我就答應了世傑。維辰可以和別人去唱KTV，我當然也可以和朋友去看電影，更何況這一部電影我原本要約他去看，他卻說三個小時這麼長的片子，還是租DVD回家看比較自在。

我和世傑約在電影院門口。我到的時候，他已經買好票，距離電影開場只剩十五分鐘，來不及吃晚飯，我們買了漢堡和可樂。一進電影院，我就後悔了，剛才不該買漢堡，大口咬漢堡會把我的口紅弄花，下班前精心修飾過的妝不就全毀了？為了待會電影散場後，我仍然可以美美的，我只好將雙層漢堡拆開來吃，先吃第一片麵包，再吃裡面的酸黃瓜和牛肉，然後吃第二片麵包，番茄醬和美乃滋沾了我一手，害我根本沒法專心看電影，就在我猶豫該不該將髒髒的手伸進皮包掏面紙時，世傑遞給我一張紙巾，原來他注意到了，我有點窘，但又為他的體貼高興。

當電影結束，我依然不知道經過漫長的旅程，魔戒是不是能被毀滅，字幕打出二〇〇二年耶誕節再看第二部時，世傑說，你喜歡這部電影嗎？耶誕節我們再來看，我對於他第二句話的涵義比較有興趣，超過我對電影的興趣。

出了電影院，氣溫明顯低了，被暖融融的太陽曬了一天的地面，已經悄悄散溫。為了看起來纖瘦些，我離開公司時將毛衣脫了，合身的薄外套裡此刻只有一件萊卡襯衫，我將雙手環抱胸前，突然世傑脫下了他的外套，披在我的身上，他說：「穿上它，別著涼了。」為女孩披上外套是非常古老的愛情動作，但是在二十一世紀依然能叫人感動。

第二天我打電話給維辰，問他晚上要不要一起吃飯，我大約八點可以下班，他說：「好啊，我正好想自己做海鮮飯吃，你下班直接來我那兒。」他在暗示我他想親熱嗎？通常他想親熱時他會說今晚我們別出去吃飯了，在家吃好不好？如果今天他之所以有興致下廚做海鮮飯，是為了和我上牀，而我昨晚才背著他和別人約會。當然，昨晚早早睡覺的維辰什麼也沒發現，睡足了十個小時，顯然他的精神很好。可是我現在真的想和他親熱嗎？我其實只是和一個男人看了一場電影而已，沒有任何肢體接觸，甚至沒有調情的話語，他只是約我九個月後再一起看場電影，這應該不算腳踏兩條船吧，我的心裡亂糟糟的。胡思亂想時我已經不知不覺吃下一包捲心酥，熱量兩百四十卡；又喝了一瓶柳橙汁，熱量兩百一十卡；加起來已經是我計畫中的午餐攝取熱量，今天中午我應該不要吃午餐，但如果不吃午餐，下午血糖降低時，我可能做出錯誤的決定，而且晚上八點去維辰家，我可能會先餓昏在去他家的路上。當然，如果我不但吃了午餐，下午因為心神不定，繼續吃垃圾食物，挺個凸出小腹的我到了晚上一定會竭力避免維辰實現親熱的念頭。

也許我可以把燈關掉，他就看不見我的小腹了。停止，立刻停止，再想下去我會瘋掉，或者胖死。

晚上八點三十分，我來到了維辰家，下午吃了一包洋芋片和一罐低卡可樂的我，此刻確實覺得裙子的腰圍有些緊。維辰端出熱騰騰的海鮮飯，我小心的吃，細嚼慢嚥，他的手藝真的很好，但是我不能吃太多，以免肚子更凸出；也不能吃太少，這樣他會以為我不喜歡吃他做的菜。

南茜曾經問我和卉珊，一個很會做菜的男人和一個很會做愛的男人，我會選擇哪一個？卉珊說選會做菜的男人當丈夫，會做愛的男人當情人，因為天天都得吃三頓飯，婚姻是過日子，但享受不到淋漓盡致的做愛也很可惜，所以偶爾和情人約會。我以為卉珊會選有錢且做愛技巧好的男人做老公，既然有錢，請個廚師來家不就好了，卉珊聽了，出現一個我太天真的表情。她說，男人有錢你更需要情人，因為除了你，他一定還有很多個情人，即使他已經六十歲，身邊依然有二十幾歲的年輕女孩，他的做愛技巧好，和你的關係也不太多。

維辰呢？維辰不算是精通料理，但是有幾道拿手菜，做愛技巧呢？我的經驗有限，至少我覺得他有潛質。我們吃完飯，也喝了咖啡，坐在沙發上，我以為維辰會靠過來輕吻我的耳垂，然後慢慢將手伸近我的衣服，結果不是，他拿出一張DVD，是周星馳的「少林足球」，他對我說：「我聽說很好看。」

原來我想太多了，他只是約我來看DVD！我憂慮起來，他對我已經提不起興致了嗎？我已經引不起他的熱情了嗎？我拖著他拿出來的一大碗爆米花一顆接一顆吃，維辰有些詫異，問我是不是沒吃飽，我趕快搖頭；心中同時閃過一個念頭，下個星期我們可以在節目中討論，如何知道你的男人是不是已經對你失去「性趣」？雖然這個晚上讓我懷疑自己的魅力，但是至少明天開會我有交代了，有一得必有一失這古老的道理，原來隨時可以印證。

情慾究竟是怎麼一回事？這個從我們十幾歲就或多或少影響著我們的衝動也好，渴望也好，我們卻直到二十幾歲還不是很了解，也許那些三十幾歲的人也不盡然完全了解吧，那麼等到四十幾歲呢？了不了解也許不那麼重要了，反正快到更年期了。

南茜受不了男友的揮霍無度，不論是情感上還是金錢上，勇敢的分手了。卉珊做完流產手術之後，也想不出還有什麼理由繼續下去，所以也結束了扮演情婦的角色。她們的愛情呈現出真空狀態，我卻突然有了兩個情人，讓我有一種罪惡感，這罪惡感不僅是對維辰，也是對南茜和卉珊。

雖然新戀情帶給我甜蜜的幸福感，舊戀情則讓我覺得熟悉而穩定，似乎是一種完美的關係。當維辰的熱情降溫，顯得不夠重視我時，世傑可以彌補這一切，我的心裡很快達到平衡，但我的理智依然提醒我，同時擁有兩個情人是危險的，隨時可能被揭穿。

果然，我的預感是正確的，當我和世傑在復興北路一家川菜餐廳進行第七次約會時，維辰竟然和同事進來了，我還來不及向上蒼禱告他別看見我，他已經向我走過來了，天哪，我假裝鎮定的為他們介紹彼此，當然省去了男朋友這個頭銜，世傑熱心的說：「沒有空檯子，不介意的話一起坐吧。」

「只有四個人的位置，但維辰他們有三個人。」我說，心中暗自希望維辰換家餐廳吃飯。

沒想到在世傑提出讓服務生加張椅子的建議下，維辰真的坐下了。為了掩飾我的不安，我夾了一筷子菜放進口中，沒想到剛好是一塊辣椒，辣得我吞也不是吐也不是，隨即猛烈的咳了起來，想拿水喝，又慌張的碰倒水杯，灑了世傑一身，靈機一動，我對世傑說：「對不起，你趕快去洗手間擦一下。」

世傑真的去了，他一走，從維辰的臉色我看得出他很想問，但是在同事面前問自己的女朋友一起吃飯的男人是誰未免太沒面子，所以極力按捺著，我輕描淡寫的說我們剛錄完影，世傑幫我收集資料，所以請他吃飯，真巧，竟然遇到了，為了待會快點脫身，我故意說想把世傑介紹給南茜，所以吃完飯就要去接南茜下班，維辰的臉色和緩了一些，但我知道他仍在懷疑。

世傑回來，我飛快的吃著，根本不知道吞下去了些什麼，世傑說：「看來你很喜歡吃川菜。」我只好說：「我們吃完，他們也不用坐得這麼擠。」這兩個男人坐在一起的時間愈久，我所需要解釋的事就愈多，我一定要盡快結束他們的會面，在維辰點的第一道菜端上桌時，我已經將面前的食物一掃而空，我站起身模糊的說：「我們先走了，別讓人家等。」對維辰而言，我口中的人家是南茜，對世傑而言則是維辰，男人們起身握手，我挺著脹得不得了的肚子和一腦子亂糟糟的疑懼迫不及待往外走。

這一次意外的曝光，我以為會換來維辰有如疲勞轟炸的質問，想不到沒有，難道他根本就不在意我，還是對我太有把握？世傑送我回家之後，我一直豎著耳朵等維辰的電話，我已經準備好如果瞞不下去，就委屈的哭訴自己的不安全感，才會答應和世傑吃飯，我其實是想刺激維辰的忌妒心等等，但直到我睡著，維辰的電話都沒打來，我真不知道是該慶幸還是失望。

剛結束戀情的卉珊，非但沒有顯出憔悴，反而看起來嬌媚動人，人是清瘦了些，但是氣色很好，穿上今年流行的蕾絲上衣和綴滿荷葉邊的蛋糕裙迷人極了，怎麼看都是戀愛中女人的模樣。難道，難道她已經展開新戀情？對於我問出如此機車的問題，卉珊依然優雅的微笑，他叫做小言，比卉珊足足小了六歲，還在念大學，我不是真心想潑卉珊冷水，但還是忍不住提醒她王菲和謝霆鋒的例子，卉珊說：「他們是公眾人物，談起戀愛來壓力特別大，我們不一樣。」

卉珊如此篤定，我也不好堅持烏鴉嘴下去，不過才剛剛滿二十歲的小言，真是既溫柔又浪漫，進入職場的男性大部分精力都用在應付主管和客戶，想升遷想加薪，再不濟的也想保住飯碗，哪還能剩下多少力氣取悅女朋友？小言就不同了，愛情幾乎是他生活的重心，卉珊就是他的女王，他的行事曆完全依卉珊而定，我和南茜羨慕之餘，幾乎想拋卻理智，也設法勾引個弟弟情人。

「他還有更大的優點，你們不知道。」卉珊的笑甜得不得了。

「你是指在牀上？」我問，腦中忽然想起，我和維辰已經有整整一個月沒親熱了，他總在忙工作，也說不定是他對我已經提不起性致，至於世傑，我還沒準備好和他上牀，畢竟那會讓事情更複雜，而且交往兩個月就發生性關係，對我來說也太快了。

卉珊只輕描淡寫的說：「年輕男人有用不完的精力，更重要的是他們有高度興趣，而且學習能力強，既定的習慣養成不久，所以更能配合你。」

可是，卉珊和小言才認識兩個星期。

卉珊覺得我太大驚小怪。對成年人而言（小言成為成年人才一個月零四天），認識多久不是關鍵，只要雙方有這樣的渴望，而且自信準備好了，為什麼要讓時間來左右自己的感覺？花了一大堆時間去了解對方、調適自己，好不容易找到一個似乎適合的，上了牀才發現另有一堆問題，人隨時都在變，花了一大堆時間約會之後，才發現你不喜歡和他做愛，不是很麻煩嗎？為什麼精神上的了解不能和肉體上同時進行，兩者並進不是更好，萬一不適合也好早些打住。當然，卉珊強調，她有做好防禦措施，絕不會重蹈覆轍讓自己不小心懷孕了，小言連兵都還沒當，談未來太遙遠了。

南茜說，一半消遣，一半賭吧。如果卉珊是為了填補空虛而和小言談戀愛，將來誰知道會出現什麼狀況，南茜目前已經無暇推估，因為她自己的狀況就夠多了，小唐不肯乾脆分手，又回來糾纏不清。南茜不得已，不但換了手機號碼連家都搬了，但景氣差，擔心工作不好找，總不能為了躲避糾纏，連工作也辭掉，小唐於是三天兩頭去南茜報社找她，等她下班，令她不堪其擾。

我無意中在聊天時和維辰說到小唐不要臉的行為，維辰好整以暇的說：「你不是把你們的特別來賓介紹給南茜嗎？就要他以南茜男友的身分告訴小唐，別再來騷擾南茜了。」

雖然我並沒有把南茜介紹給世傑，但也許這是個可行的辦法，不妨一試。世傑聽了我的想法，也爽快的答應了。南茜在想不出其他方法的情況下，只有硬著頭皮演這一齣戲，想不到小唐聽完世傑的自我介紹後，衝動的要打南茜，說南茜背著他偷人，他自己花心，還有臉說出如此不堪的話，世傑一邊保護南茜，一邊狠狠的打了小唐幾拳兼踹了幾腳，小唐見大勢已去，只好作罷。

世傑解決了南茜的煩惱，又以護花使者的形象出現，南茜顯然對世傑好感大增，當我們三個人一起吃飯，他們一起向我描述談判的過程，我成了局外人，我突然有些吃味，因為我發現不只是南茜對世傑有好感，世傑對南茜的遭遇也十分同情，對於南茜機智的談吐更是欣賞，同情在男女之間是危險的，一不小心就會成為愛情的前奏。

將尚未明朗化的男友介紹給自己的姐妹淘，是否是一件不智的事，畢竟對南茜而言，維辰才算是我的一號男友，二號男友本來就是我多佔的名額，更何況現在世傑和她不但談得來，還有了共同的話題，我發現他們私下通電話，世傑解釋他是怕小唐再來騷擾她，而南茜有一回在報社樓下看見一名貌似小唐的男子時，也立刻打電話給世傑，有騎士風度的世傑當然趕來接她囉。

我該怎麼辦？問清楚還是裝不知道，如果你的好朋友和男朋友互相放電，你該怎麼做？這是我們本週的錄影話題，我一提出琪姐就大表讚賞，而我也正好需要一些專家的建議。

星期五一早，我接到南茜的電話，她說搬新家想辦一個小型派對慶祝一下，一方面好朋友聚一聚，另一方面也揮別過去的壞運氣，我本來以為維辰不可能有興趣參加這樣的派對，沒想到他知道後，居然說要和我一起去，還熱心的去挑了一盞燈作為南茜搬新家的禮物，也許是他對那天遇到我和世傑起了疑心，所以忽然關心起我的社交生活。

想要讓對方重視你，是不是就不能讓他對你太放心？

南茜的派對在星期六下午，維辰來家裡接我一起去。南茜打開門，熱情的和我們招呼，她穿了一襲白色露肩連身裙，頭髮挽起，頸部美好的線條展露無疑，一看就是特別裝扮過，緊接著我看見在她身後的竟然是世傑，南茜說：「世傑聽說我要辦派對，好心的陪我去採購吃的喝的。」

「我開車比較方便。」世傑解釋。

我的心裡五味雜陳，偏偏此時維辰還在我耳邊補了一句：「看來你的牽線很成功。」

動手搶你男朋友的人還算不算好朋友，我的心被強烈的忌妒盤據，但是看見世傑熟練的調雞尾酒，一邊和南茜說笑，也許南茜不算是搶，因為世傑顯然也對她有好感，而且他可能也猜到維辰是我的男朋友，果真如此，我又何嘗不是騙了他。

南茜約的朋友陸續到了，她的一個同事神祕兮兮的拉著我和南茜到陽臺，眼光鎖定世傑壓低聲音問：「他在美國結婚了，你們不知道吧。」

「什麼？我從沒聽他提過。」我驚呼。

南茜假裝鎮定，但看得出心裡一點也不平靜。

「在美國念書時，我們在同一所學校，他不認識我，但是我剛好認識嫁給他的女孩，他太太還留在美國念博士，他先回來，但是我聽說他回來之後，從不告訴別人他已經結婚，完全以單身的姿態出現。」

原來他對我隱瞞了更大的事，我突然不再忌妒南茜，這回我們倆遇上了同一個騙子，不過至少還談不上受傷，我想起他約我耶誕節看「魔戒」，同樣的話他大概對很多女人說過，還好維辰不知道，雖然維辰不夠浪漫，但我想他的心裡是真的有我。

「走，我們過去拆穿他。」南茜說。

南茜挽著女同事，過去為世傑介紹，世傑還不知情，輕鬆的開玩笑說：「臺北的女記者都這麼漂亮嗎？」

「其實我們見過，在你的婚禮上，我和你太太是同學。」南茜的同事微笑說。

世傑一臉尷尬的表情，勉強吐出一句：「真的嗎？我不記得了。」

「不記得我，還是不記得你結婚了？」南茜的同事臉上的笑更燦爛了。

不一會兒，世傑就找藉口先走了。

「如果他沒結婚，如果我對他有興趣，你會不會怪我？」南茜問我。

「多少會覺得你沒有道義吧。」我坦白說。

「我知道這樣做沒道義，但是我忌妒你，有兩個好男人追求你，我卻和那個沒出息的小唐糾纏了這麼久。」

「沒有兩個好男人，只有一個。」

南茜笑了，她盛了一杯雞尾酒給我：「至少他調的酒還不錯。」

派對開始一個多小時，卉珊才出現，她的裝扮明顯比過去年輕，低腰七分褲配上短而貼身的T恤，露出平坦誘人的肚子。我突然意識到，對大多數女人而言，露肩比露肚子容易得多，南茜問：「沒帶你的小男朋友來？」卉珊接過南茜遞給她的雞尾酒，一口飲盡，要不是外面氣溫太高了，就是她發生了什麼事？

「這是含酒精的飲料，不是soft drink。」我提醒卉珊。

「我本來是要和他一起來。早上我們去玩直排輪，中午吃飯時居然遇到前任男友，他陪著太太和孩子也去披薩屋，他看見我後，走了過來，我不知道他想做什麼，當著我的男伴和他太太面前，我以為他會希望假裝不認識我，等他走到我桌邊，我才明白，他不是過來和我打招呼，而是和我的男伴，你知道嗎？我的現任男友叫我的前任男友姨丈。」卉珊一口氣說到這。

「你的意思是說，那位小男友是他太太的外甥，也就是他太太姐姐的小孩。」我試圖弄清楚他們之間的親屬關係。

卉珊點點頭。

「這又不是亂倫，有什麼關係。」南茜拍了拍卉珊的肩。

卉珊白了她一眼，拿起一塊蛋糕大口吃起來，我的眼光停在她平坦的肚子上，心想要是我穿上這樣的T恤，一定什麼都不敢吃。

「後來呢？你們吵架了嗎？還是他發現你和他姨丈的關係了。」

「天哪，這還不夠糗嗎？和情敵的晚輩談戀愛。」

「不會啊，我倒覺得蠻值得驕傲的，證明自己年輕有魅力。」我說。

「我忍不住想，如果我們真在一起，過幾年遇到他的朋友，他們會問他你和你姐姐一起逛街，還是你和小阿姨一起逛街？於是我跟他說我們這樣下去是不行的，雖然和他在一起很快樂，但是我怕未來會受傷，還是到此為止吧。」

「他怎麼說？」南茜問。

「他說我很自私，為了保護自己，就不在乎他的感受。」

我舉杯敬她們，又恢復單身了，臺北單身的女人實在已經很多了，再添她們兩個也沒太大差別。

從春天到夏天，舊戀情已經結束，新戀情還不知道在哪裡？也許就因為不知道在哪裡，特別讓人期待。離開南茜家，我挽著維辰的手，覺得有他在身旁真是安心，我慶幸著世傑的謊言很快被拆穿，如果因為一時貪圖新鮮，失去維辰或南茜就太不值得了，新的一季，我決心要減肥，要準時上班，還要珍惜身邊的幸福。

卉珊約我一起去度假，南茜走不開，因為某偶像歌手遭人跟拍，和企業界小開異常親密，她得留守以備應付最新狀況。所謂度假，其實也只是星期五請一天假，離開臺北三天，我們決定奢侈一點，飛去香港住半島，還預約了一堂美容保養課程，希望回來時能夠容光煥發。

我和卉珊約了在機場碰面，由於只去三天，所以我只帶了一隻背包，卉珊卻帶了一隻大皮箱，卉珊託運完行李，對我說：「你真聰明，箱子到那邊再買就行了。」

箱子？我的背包除了換洗衣物之外，只有幾罐旅行用的保養品，我為什麼要另外再買一隻箱子？

「大家去香港都要購物啊！有錢就買名牌，沒錢也不要緊，去成衣批發店買樣品，難道你真想來香港吃美食，吃成圓滾滾的回去啊。」

也許卉珊說得對，把自己打扮得漂亮一點也沒錯，只不過想起還沒繳完的信用卡帳單，如今又因為這一趟旅行，機票加上半島酒店，刷了我兩萬元呢，大概得還上三個月才能還完，不想了，出來就是要輕鬆。一個多小時之後，我和卉珊已經到了香港，半島酒店的凱迪拉克已經在等著我們，辦好住房手續，服務生引我們來到房間，在看到窗外海景的一剎那，我覺得一切都值得了，簡直想立刻變成化石永遠待在房裡，服務生端來熱茶，我興奮得不得了，突然發現卉珊喝了一杯熱茶之後，便開始補妝，她換下原本搭飛機時的褲裝，穿了一件豆沙色的連身裙和高跟鞋，她的裝扮不像是要去逛街購物，我忍不住問她：「是不是發生了什麼我不知道的事？」

卉珊甜甜的一笑，剛才在飛機上我去化妝室的短短五分鐘，她已答應了一個陌生男人的邀約，在半島大堂喝下午茶，她溫柔的建議我先去逛街，晚上我們一起吃晚飯，我聳聳肩，希望那個男人夠優秀，這樣我就有理由原諒卉珊的見色忘友了。

我一個人逛完了尖沙咀的所有商店，在極度克制下，只買了一隻皮包、一雙鞋和一條裙子。傍晚回到酒店，卉珊已經在房裡，她又在換衣服和化妝，我開始懷疑她是來旅行的嗎？她的箱子裡竟有如此完備的行頭。看見我穿了一條七分褲，她說，快換衣服，詹姆士要請我們吃晚飯，他還約了一個朋友，先去山頂吃飯看夜景，再去蘭桂坊喝酒聊天。新買的裙子和鞋子立刻派上用場，我穿著卉珊借我的黑色緊身線衫，和她剛認識的陌生男人出遊。詹姆士在外商銀行工作，長得不算頂漂亮，但是很有味道，一看到詹姆士，我就原諒卉珊下午拋棄我了，我的腦子飛快的轉著，如果卉珊真和詹姆士談戀愛，以後我就可以常常吃到鏞記的飛天燒鵝，也不錯。

詹姆士另外約來的一位同事，簡直是專門襯托他的，比他矮一點，比他難看一點，比他呆板一點，唯一的好處是還算殷勤體貼，我不至於為做電燈泡而尷尬，在別人眼中，我是不是也像是襯托卉珊的，這個暗藏忌妒的念頭閃進我的腦裡，不然為什麼在飛機上詹姆士約的是她不是我？

卉珊是我最要好的朋友之一，我希望她幸福，但是現在我卻對她的好運氣產生了忌妒。過去我一直覺得她是愛情的國度裡的女王，即便她和有婦之夫交往，但是和她在一起的男人總是將她捧在手上，那時候我不忌妒有人寵她，因為那些男人與我一點也不相干，這一次不同，飛機上詹姆士其實是坐在我旁邊，他同時與我們搭訕，顯然他的目標是卉珊，但為什麼他捨我而選卉珊？雖然我有男朋友，但他並不知道，可見我的吸引力確實不如卉珊。

第二天，我和卉珊吃早餐時，卉珊告訴我詹姆士約她今天傍晚去南ㄚ島吃海鮮，她問我有沒有興趣一起去，我拒絕了，我不想再做電燈泡，更何況如果她對詹姆士有好感，也應該增加兩人單獨相處的機會，畢竟明天我們就回臺北了。

「你會不會怪我，兩個人一起來旅行，結果老是讓你落單，待會兒我們一起去逛街，我請你吃中飯。」卉珊愧疚的說。

「誰叫你比我有魅力呢？有個條件不錯的男人追得這麼緊，換做是我，也只好對朋友說抱歉了，你別擔心我，我很能自得其樂，更何況我們在臺北見面的機會多著。」我故做大方的說，其實我在意的不是卉珊丟下我，而是我的魅力指數究竟有多少？

「我比你有魅力？誰說的？你記不記得在飛機上你去化妝室，詹姆士說你很可愛，問我你有沒有男朋友，我照實回答有，以免維辰把我殺了，如果不是追求你無望，他也不一定會約我。」卉珊說。

真的嗎？我的虛榮心被小小的滿足了一下，自信心也恢復了不少，早餐後，我和卉珊去逛銅鑼灣和中環，傍晚她去赴詹姆士的約，我一個人到超市買了一瓶白酒，又買了燒鵝和鮮蝦雲吞麵，在房間裡享受美麗的夜景。喝完第一杯酒，我正為眼前璀璨的夜景陶醉不已，突然想起昨天晚上在太平山頂看夜景時，詹姆士和我開玩笑，說他的同事同時是澳洲和加拿大公民，而且在兩地都有房產，交這樣的男朋友挺不錯，卉珊說他在飛機上問我有沒有男朋友，其實只是安慰我，詹姆士根本沒問，他本來就被卉珊所吸引，但是卉珊為了哄我開心，所以說謊，我突然有些難為情，卉珊其實有體貼到我的感受，我卻因為淺薄的虛榮心而忌妒她，還好我假裝大方，如果言語中流露出來，那就更難堪了。

十點半，維辰打電話給我，說星期天晚上去機場接我。卉珊沒有回來，我獨自享受豪華的房間，泡澡敷面膜，喝白酒看夜景，奢侈得不得了。直到十一點，卉珊才打電話說今晚不回來了，吃早餐時再向我解釋，我沒多問，也許他們在南丫島看海景，錯過了最後一班船，也許他們只是捨不得離開對方，反正，今夜我可以獨享這所有的浪漫奢侈，然後明天就可以滿足我的好奇心了。

卉珊和詹姆士的戀情進展得很順利，回到臺北之後，他們依靠電子信件和電話保持聯絡，而且卉珊人還沒離開，詹姆士已經訂了三個星期後來臺北的機票，我猜想在這段戀情的結果還沒出現之前，卉珊的薪水支付生活所需後，會毫無保留的貢獻給電話公司和航空公司。

後來，卉珊告訴我，那天晚上在南丫島，他們聊了一整夜，只有接吻，沒有做愛，他們告訴對方自己過去的戀情，希望彼此能完全接納，不僅是現在認識的這個人，也包括形成今日性格的種種過去。卉珊說，這是第一次她相信，愛情中可以有了解，詹姆士給她的感覺和過去的男朋友完全不一樣。

南茜聽說卉珊的豔遇之後，羨慕得不得了，她自怨自艾為了那位偶像歌手只好留在臺北，雖然她後來也不負眾望的承認確實和那位小開吃過幾次飯，但是她完全不知道對方已經結婚，而且他們也只是朋友而已。為了這樣平淡無奇的結果，南茜錯過了Mr. Right。

「你認為詹姆士同時遇到你和卉珊，會選擇追求你嗎？」我忍不住問，同性朋友之間微妙的較勁心理顯然又出現了。

「我不是指詹姆士，我是指那位有房產又有多重國籍的先生，景氣這麼差，嫁給他我就不用擔心裁員了。」南茜說。

南茜提議下次卉珊去香港時，她要同行，沾沾桃花運，雖然香港不算異國，廣東人和臺灣人在風俗習慣和價值觀上也並無太大差異，但是畢竟相隔兩地，我對遠距離戀情一向不樂觀。於是在這一集節目中，我們討論的就是遠距離戀情，一位接受訪問的年輕人回答說：「我喜歡遠距離戀情，兩個人可以保有更大的生活空間，但是我會在身邊再安排一位候補情人，畢竟人總有寂寞的時候。」

我聽完後恍然大悟，覺得自己真是太天真了，可不可能卉珊也是這樣想？想在愛情中找到完全的坦承是不是很難，或者根本就不可能？

維辰這段時間忙到不行，其實我光要讓手上的節目正常運作，一邊還要分心應付薇薇安扯後腿的動作，以及琪姐突如其來的詭異要求，已經讓我雞飛狗跳，但是我天性如此，無論多忙都會找出空檔來偷懶，即使我忙到沒空吃飯，只能在出外景的車上啃麵包，我卻依然懷疑起維辰，真的是在忙公事嗎？還是另有隱情？上次我們一起吃飯時，他接到一通語意曖昧的電話，他說那是他的客戶打來的，但是誰會和客戶說：「你乖，我帶你去吃火鍋」呢？

我不想顯得自己疑心病太重，又不願意採取緊迫盯人的手法，只好設法從他的同事那裡套話，以點心籠絡他們，當我費盡心思，才知道維辰是要帶客戶的兒子去吃火鍋，因為那位客戶是他的學長，離婚後獨自帶一個五歲大的兒子，我不免覺得自己有些無聊，或許是最近缺乏信心的緣故。站在鏡子前，不論愛情中有沒有坦承，我必須先對自己誠實，我的減肥計畫不但沒成功，體重反而又增加了一公斤，再這樣下去，我會愈來愈接近恐龍家族。

「如果我必須外調到其他地區工作，你能夠接受嗎？」吃晚飯時維辰突然這樣問我。

我怔了一下，其他地區是哪裡？高雄還是臺中？我腦子飛快轉著，難道前幾天我們才討論過的遠距離戀情，也要發生在我身上了？

「公司因為業務需要，要我暫時到上海去。」維辰低著頭切牛排，不敢看我，他切得很專心，彷彿他切割的是鑽石，而不是一塊九盎司厚牛排，原來維辰這段時間的忙碌，是因為他的工作即將調動。

「暫時是多久？」我終於發問了，由於對於距離的恐懼，我決定先從時間切入。

「半年到一年，要看業務發展的情況。」維辰已經將盤中一整塊牛排仔細切成適合入口的大小，然後像往常一樣將一小部分牛排放進我的碟子，又從我的碟子中取走一塊小羊排，我看著他的動作，心裡難過起來，以後連這樣一起吃飯的機會也很少了。

「可不可以不去？」

「景氣這麼差，不是拒絕老闆的好時機吧。」

「我看是你自己想去，上海的美眉年輕漂亮的多的是。」我賭氣說。

「這麼沒信心？我想過了，半年的時間我回臺北一次，你來上海一次，我們在香港聚一次，每天晚上我都會打電話給你，而且外加E-mail。」維辰說。

我不希望維辰去，但我也不希望他失業。第二天在公司我的心情依然很低落，偏偏琪姐又不斷催我下週主題，薇薇安當然趁機說些風涼話，她恨不得搶走我的執行製作這個頭銜，害我腹背受敵，不，四面楚歌。中午瀕臨崩潰的我約了南茜午餐，她又在追八卦，電話響個不停，有人解除婚約，有人移情別戀，她斷斷續續聽我講完維辰的事之後，飛快做了結論。

「如果他現在為了你不去上海，萬一他接下來工作不順利，心裡一定會埋怨你，所以，放手讓他去吧，去看他是一定要的，趕快上網訂特惠機票，如果可以順便去上海出機，那就更完美了，談談臺灣男人在上海的感情生活，或是上海女人的愛情觀，臺灣觀眾肯定有興趣。」

我的眼睛一亮，如果琪姐同意我做「上海男女」系列，我連旅費都省了，而且有藉口多留幾天。南茜見我興奮得失了神，連忙提醒我，回辦公室先向琪姐報告下週主題：婚禮之前有人喊停，該怎麼面對？南茜對我眨眨眼，說：「這可是明天重要的影劇新聞呢，夠朋友吧。」

朋友真的很重要，要是沒有她們，我一定會變成一個人見人厭的超級大怪人。

詹姆士決定提前來臺北看卉珊，是卉珊最忙的時候，她卻捨不得對他說不，卉珊說：「如果是我排開工作，飛去看男朋友，他卻對我說，我最近好忙，你過一個星期再來，我一定會以為他不在乎我，或是腳踏兩條船。」捨不得情人，因此卉珊只好在詹姆士來的四天中，捨棄掉睡眠，但是她又不願意憔悴著一張臉，於是她決定了，從詹姆士到臺北的前三天起，天天敷面膜，直到他離開。

「你不可能沒聽說過，有人一天只睡五十四分鐘。」

「還好他只來四天，不是兩星期。」南茜不以為然的說。

卉珊興致勃勃的帶著詹姆士到夜市吃小吃、淡水吃海鮮、貓空喝茶、深坑吃豆腐、參觀故宮博物院、北投泡湯，同時用手機遙控公事，夜裡趕企劃案，必須和客戶開會時，就把詹姆士暫時放在誠品，當然她就在地下室的咖啡店。

這樣不眠不休的和詹姆士共度甜蜜時光，最後一天的下午，她選擇在新光摩天大樓喝下午茶眺望臺北，然後送詹姆士去機場。結果那天下雨，整個臺北霧濛濛的，坐在窗邊什麼也看不到，但那不重要，因為卉珊雖然喝了好幾杯咖啡，她依然在坐下來不到半小時內，就趴在桌上睡著了，在她睡著的前一分鐘，她記得詹姆士起身去餐臺拿蛋糕，詹姆士發現她睡著了，不忍心叫醒她，於是獨自坐在什麼也看不到的窗邊寫了一封信給卉珊。

當卉珊醒來，詹姆士已經必須搭巴士去機場了，卉珊很懊惱自己竟然睡著了，南茜聽了之後說，希望她的睡相很美，不然很可能嚇跑詹姆士，詹姆士把信給卉珊，堅持自己去機場，要卉珊回家好好休息，信裡面有一張尚未訂位的香港來回機票，信上寫著：「遇到你，我終於明白過去的三十二年原來都是為了等這一刻，如今終於等到了，卻又發現分隔兩地是如此難以忍受，這次我來看你，可能有些任性，沒顧慮到你有多忙，但是那全是因為我太想念你的緣故。」

卉珊很感動，決定這段時間一忙完，就飛去香港，至於面膜的效果呢？我認為卉珊臉上的光彩是因為愛情，臉上的痘痘是因為睡眠不足，但是光要靠面膜而不用睡覺維持亮麗，只有天賦異稟的人做得到。

維辰再過兩個星期就要去上海了，也許因為分離在即，我和維辰之間突然恢復了曾經消失不見的激情，南茜說：「也好，要是你懷孕了，我想會讓你快點下定決心。」決心？什麼決心？「結婚的決心啊。」南茜理所當然的說，我想嫁給維辰嗎？這個問題才出現，我的腦中馬上又浮現另一個問題，那就是維辰想和我共度一生嗎？他並沒有向我求婚，其實他這一回去上海，大可以先提出求婚，男人要讓女人安心不是都這麼做？但是他什麼也沒說，恐怕他也還沒決定吧，說不定他是預留空間，萬一在上海遇到更好的女孩……我的不安更加深了，又不願意在他離開前還繼續發生爭執，留下不愉快的記憶，只好拼命吃零食，天哪，卉珊為了愛情不睡覺，而我則是出現暴食傾向，究竟誰比較慘？

一大早南茜就打電話給我，我正在喝大杯的焦糖瑪其朵咖啡，希望自己能醒過來，一向晚起的南茜，電話中聽起來卻顯得神采奕奕。

「花是你送的，對不對？你是想嚇我還是安慰我？」南茜問。

花？什麼花？我完全聽不懂南茜的話。

「花啊，一大束香水百合和粉紅桔梗。」

「你有暗戀者，天哪，我從沒收過暗戀者送的花。」我的語氣酸酸的。

「奇怪，不是卉珊也不是你，你們兩個人別耍我。」

我再三保證絕沒偷偷叫花店送花，南茜終於相信也許是有暗戀者，她開始過濾新認識的男人，希望找出可疑者，她還忙著在迷團中抽絲剝繭時，琪姐已經迫不及待的要我去開會，廣告業績下滑，琪姐又急又氣，我一刻不敢耽擱，立刻掛了南茜的電話，讓她自己去當柯南吧。

景氣差，廣告業績下滑有什麼好大驚小怪，我心裡這樣想，但我絕對不敢說出口，於是我逆向操作，提出了上海情慾故事的專題構想，我大言不慚的保證，一定可以引起觀眾興趣，連打一週預告後，推出六集節目，薇薇安立刻攻擊我，業績下滑還增加製作成本，沒想到琪姐卻認為可行，要我在下班前給她六集節目的企劃大綱。

嘻嘻，詭計得逞了，但也累壞我了，維辰下週出發去上海，今天我一定要準時下班，陪他吃晚餐，為了實現計畫，我坐在電腦前目不轉睛盯著螢幕，絞盡腦汁想企劃，中午十二點，才完成一集，午餐當然是不吃了，正好可以減肥，薇薇安經過我桌邊時故意說：「血糖太低，怎麼可能有好點子。」我不理她，眼睛盯著螢幕，連看都沒看她一眼。

下午，南茜打電話來，神祕暗戀者出現了，是某家電視公司的攝影，約她明天吃晚餐，她已經答應了，但又擔心對方年紀比她小，我因為急著掛電話，就建議她明天吃飯時先確定兩個人談得來，再去煩惱什麼年齡之類的後續問題。剛掛掉電話，卉珊又打來了，說這個週末要去香港，星期五搭晚班機走，星期一搭早班機回來，愛情的力量真是大，快過年了，我叮囑卉珊帶鏞記的鵝肝腸給我，想到鵝肝腸細膩的口感，濃郁的香氣，沒吃午餐的我餓得受不了，偏偏螢幕上的大綱只進行到第三集，忍，一定要忍下去。

終於，六點四十九分我完成了六集大綱，拿給琪姐之後，我立刻打電話給維辰。維辰卻已經在餐廳了，他們同事請他吃飯，他完全忘記應該告訴我，我勉強按捺著心中的激憤，不想在他去上海前和他吵架，並且告訴自己現在之所以覺得生氣，是因為血糖低而產生的焦躁，所以只要去大吃一頓就會好多了，是的，大吃一頓，結果我吃了一大碗叉燒拉麵，一份蘆筍和一份鮮蝦手捲，還有一尾烤香魚，上海情慾故事大綱能不能通過還不知道，減肥計畫已經宣告失敗了。

維辰搭今天早上的飛機去上海，我請了半天假送他去機場，昨天我已經將自己的相片輸入他的手機中，不管他是不是覺得我有點幼稚，但我要他打開手機就看到我。看著他走入離境室，我並沒有哭，只是覺得自己有一部分被抽空了。

其實下個月我就要去上海拍上海情慾故事了，琪姐覺得我的企劃還蠻有趣的，但是為了節省成本，所以只有我和一個攝影去，在上海停留三週，必須完成六集節目，掐頭去尾扣掉搭機時間，等於兩天拍一集，不能有任何狀況，我覺得自己真是神勇。

卉珊從香港回來後就消失不見了，或者她根本沒回來，反正她的手機沒開，家裡永遠是答錄機。南茜開始和那位神祕送花者約會，他叫做大衛，只比南茜小一歲，在她可接受的範圍，大衛注意南茜很久了，他曾經和她交談過，但南茜完全不記得，因為大衛的外形絕對不是會吸引南茜的那一種，不過吃多了帥哥的虧，南茜已修正了標準，大衛說他最欣賞南茜認真工作的態度，那句廣告詞──認真的女人最美果然沒錯。

下午四點，維辰的電話來了，他已經到了上海，晚上他的 E-mail 也來了，看來他有一點想念我喔，也許我不在他身邊，他才會發現我的重要，希望他不要同時發現別的女人的魅力。晚上十一點，我正在敷臉，南茜的電話來了，她說在街上看到卉珊，因為她的電話一直不通，所以當時在公車上的南茜立刻拉鈴下車，追上卉珊，她說卉珊看起來神不守舍，人也有些憔悴，她問起詹姆士好嗎？卉珊說他病了，但是說這話時卉珊的語氣異常冷靜，一點聽不出憂慮。

「詹姆士的病情一定不輕。」南茜下結論。

掛了南茜的電話，我立刻打給卉珊，依然沒人接，第二天，我決定去她公司找她，她人不在公司，助理告訴我，卉珊早上說，詹姆士死了，今天凌晨她接到香港來電話，然後卉珊就一語不發的處理事情，處理完就出去了，也沒交代去哪裡。

我和南茜都很擔心卉珊，怕她受不了這突如其來的打擊，雖然她和詹姆士相識才三個月，嚴格說起來相處也才十天，但是她投入的感情卻很深，下班後，我和南茜到她的住處去等，十點半，她終於回來了，看見我們她試著拉開嘴角想對我們笑一笑，結果卻哭了起來，我讓她靠在我肩上，輕撫她的頭髮，問她怎麼回事，她說詹姆士心臟病突發，送進加護病房不到一天就死了。

真是太讓人意外了，詹姆士才三十幾歲呢，一定是工作壓力太大，我們泡了一壺薰衣草茶，直到卉珊睡著才走，南茜說：「有時候愈是奇妙的邂逅，愈難長久。」

也許吧，人生總是不斷印證平凡是福的道理。

南茜和大衛的進展很順利，不但兩個人都喜歡吃義大利菜、玩拼圖、游泳，而且更重要的是，他們都想要兩個小孩和一隻狗，這可是一個值得奮鬥一生的目標，說不定過不了多久，我們就有喜餅可吃了。

南茜說，大衛比她原本心目中理想的對象矮十公分，收入少五萬，存款差十倍，眼睛小一倍，但是她卻覺得和他在一起很自在，這才是最重要的。大衛的工作很忙，但是只要放假，他一定下廚做幾道好菜給南茜吃，南茜懶得下廚，又不愛吃外面餐廳的食物，有一回，大衛還替她準備了三天份的食物放在冷凍庫，微波之後就可以吃，每天都不一樣呢。

南茜說，等卉珊心情平復一些，她要叫大衛做他最拿手的紅酒小牛肉和培根蛋黃麵給我們吃。說到卉珊，不知道她是不是強顏歡笑，每天都打扮得花枝招展，還常和不同的男客戶外出用餐，我和她的助理都有些擔心，一天中午，我打電話找卉珊，她照例不在辦公室，卉珊的助理說：「今天發生了一件很奇怪的事，我接到一個男人打來的電話，他自稱是詹姆士，從香港打來，他說因為卉珊的手機接不通，所以想在辦公室留言請卉珊和他聯絡。待會兒卉珊回來，我該告訴她嗎？」

「也許是同名的人，大家取英文名字取來取去不就那幾個。」我說。

「還是太巧了吧。」

「不然你把電話給我，我打去試試看，反正詹姆士我也認識。」

我依照留下的電話撥過去，真的是詹姆士工作的那家銀行，接著我所認識而卉珊聲稱因心臟病突發去世的詹姆士也真的來聽電話了，詹姆士一聽是我打來的，就說：「卉珊還是不肯聽我解釋，也好，你一定已經知道了，我並不是故意隱瞞卉珊我結婚了，我老婆這次去加拿大就是因為我們已經協議離婚，誰知道，她才剛到加拿大，就檢查出有了三個月的身孕，大家都說我們該為孩子再試一試。」

原來卉珊是寧願他死了，也許對卉珊而言，他死了比他騙她容易接受些，我現在更擔心卉珊了，她不至於弄不清楚現實和謊言了吧，萬一她有妄想症，那可就麻煩了。晚上我又跑去卉珊家了，卉珊正在敷面膜，我完全看不出她的表情，我開門見山的說：「詹姆士沒死，我和他通過電話了。」話一出口我就後悔自己太莽撞了，應該說得迂迴一些，如果卉珊受不了刺激怎麼辦？

想不到卉珊倒也乾脆，大剌剌的說：「對我而言他已經死了，他沒有心比有心臟病還慘，心臟病還可以醫，沒有心想醫也無從醫起。」

既然卉珊心裡明白，我也就放心了，接著卉珊向我推薦她新發現的一款面膜，價格實惠效果又好，她拿了半打要我回去試用，看到剛拆下面膜的她，已經徹底掃除前幾日的憔悴，我想即使有傷，她也已經能夠面對，那麼我很快就可以品嚐到大衛的手藝了。

終於啟程去上海了，其實我的心裡有些緊張，畢竟這是我第一次出外景到臺灣以外的地區，而且只有我和攝影兩個人，所以除拍攝外的所有事項都得由我一個人來張羅囉，不過想到一個月沒見到維辰，現在終於能見到，還是很開心。

維辰公司在徐家匯，所以我也請他幫我訂附近的旅館，下午三點多，我們來到傳說中的十里洋場，攝影小張興奮得丟下我就出去逛了。我本也迫不及待的想去見識見識上海的繁華，但是想到待會兒維辰要來，而我經過搭機轉機種種折騰，現在真是灰頭土臉，所以決定留在房裡梳妝打扮一番，五點半，維辰準時來按鈴，我早已準備好一開門就撲到他懷裡，給他一個熱吻，沒想到當我展現最甜美的微笑，預備投入維辰懷裡獻上分別後的第一個熱吻，卻發現他正在講手機連看都沒看我一眼，我的熱情霎時冷了一半，我可是想盡辦法來上海看他的，好不容易他掛了電話，開始問我些對飯店滿不滿意？晚上想吃什麼？……之類的瑣碎問題，我以為他會告訴我他有多想我，我以為他會立刻抱住我，解開我的鈕扣，親吻我的頸項，我以為……

我有點失望，並且懷疑起自己的魅力，但是畢竟肚子是真的餓了，搭機加上轉機花了六個多小時，機上的食物又難吃得不得了，我的胃早就空了，所以即使覺得委屈，對於維辰提議去吃飯然後逛逛的提議，我倒也能接受，他帶我去衡山路吃飯，然後去新天地的Pub喝酒，美麗的夜上海立刻吸引了我所有的注意力，對於維辰的手指輕輕在我的臂膀上撫觸，一點不為所動，這原是他親熱前的暗示，也算是我們的默契，接著他會深情的望著我說：「我們回去，好嗎？」但這一回我忘了要說好，而是說：「我們再換個地方逛逛。」

是誰說思念讓相聚更甜蜜，這句話在我們身上似乎並沒有實現，或者是分開得不夠久，我們才會如此容易被其他事物分了心。

節目的拍攝比想像中順利，維辰幫我們介紹了幾位臺商、有臺灣男朋友的上海姑娘、甚至於所謂的二奶，我原以為會碰到許多釘子，結果他們卻意外的大方，我們去訪問的那一位住在高級住宅區中的二奶，大剌剌的說：「我就是他在上海的太太，其他地方我不管，反正他一年十二個月有十一個月在上海，你說，誰才是他的親密愛人呢？」

小章警告我，維辰在上海待久了，簡直就是羊入虎口，南茜也交代我一定要去他公司多露幾次面，送些化妝品之類的小禮物給他的同事，南茜說：「一來是宣示主權，再來也可以收買眼線，屆時有人通風報信。」不知道為什麼我莫名其妙想起小時候常常聽到的一句話：小心匪諜就在你身邊，那時候我們可不知道將來長大了，匪諜原來如此嫻娜妖嬌。

第十天，我們已經拍完足夠剪成六集的帶子，我和小章如此賣命，各有不同理由，我是為了週末能完整和維辰相聚，小章是為了留下時間去蘇州玩，原來工作效率是如此提高的。

星期六一早，我和維辰去逛豫園，我正請路人幫我們拍一張合照，維辰的手機響了，他講了至少有五分鐘，我問他是誰，有事嗎？他說是餐廳的一位領檯小姐，英文講得很好，應對也得體，正好公司要請一位接待，所以他介紹她來應徵，他說那女孩很上進，一邊工作一邊進修，我一點也不為維辰的樂於助人高興，反而懷疑他給了對方手機號碼，是否有不良意圖？

一整天我都覺得心裡不舒服，雖然維辰答應我下個月和我一起去澳門度假，但是比起近水樓臺的上海小姐，我依然居於劣勢，究竟是我缺乏自信，還是愛情本來就難以讓人相信呢？

在上海的兩個星期很快過去，我和小章得回臺北了，如果不是小章在，我不確定在虹橋機場和維辰道別的那一刻會不會掉眼淚，在香港轉機時，我們去 Starbucks 喝咖啡，小章說：「你有沒有發現，上海再怎麼好，待兩個星期還是不習慣，好喝的咖啡太少，菜又太油。」

我沒吭聲，小章頓了頓，說：「有些事最難改變的是習慣，只要你們彼此成了對方的習慣，別人想取代就沒那麼容易了。」原來他拐著彎是要勸我別太擔心維辰，這個大男孩有時也蠻貼心的。

回到臺北，南茜在我的答錄機留言，後天大衛要下廚請我和卉珊吃飯，我先打了電話給卉珊，卉珊說，南茜現在是最幸福的女人，看見她，卉珊才相信南茜之前的種種情感挫敗，在遇到大衛後，都會一一平復，大衛是個懂得體貼的男人，卉珊說：「以前我們說，女人擇偶的條件要三高，學歷高、待遇高、身材高，現在標準寬鬆多了，只要沒老婆、異性戀、有工作就行了，現在失業率這麼高，大衛至少三者俱備，而且還能做一手好菜。」我開玩笑說，怎麼知道哪天不會冒出個老婆在澳洲或紐西蘭，卉珊一本正經的回答：「南茜已經看過他的身分證了。」

臺北有一大堆事等著我，朋友、工作、還有因為我忘了繳費而在我返家的午夜被切斷的電，都等著我呢，這樣也好，可以省掉胡思亂想，在我繳了電費，電力公司恢復供電後，我看見了維辰給我的Mail，他寫著：「你對我而言是無可取代的，別再胡思亂想了。」雖然沒有浪漫的承諾，但是他的體貼，我懂就夠了。

戀愛中的女人總是有機會考驗自己的肚量，應不應該原諒對你說謊的情人？他欺騙了你也許是因為他太在乎你，但同時也是他無法把持自己，你理所當然的擔心，如果這回你原諒他，下次他是不是還會欺騙你，說謊是一種習慣嗎？即使不是，至少也會像滾雪球一般，一個謊言需要很多謊言來遮蓋。

詹姆士突然出現在臺北，更正確的說法是突然出現在卉珊的辦公室，在卉珊宣佈他的死亡之後三個月，詹姆士沒有打電話沒有寄電子郵件，因為他知道卉珊不會聽不會看，所以他決定直接來向她解釋，帶著一紙離婚證書。感情的世界實在很詭異，有些女人想要結婚證書，有些女人想要離婚證書，而那些什麼證書都不要的女人，大概才是最受男人歡迎的。

詹姆士說，他和妻子的感情早就出了問題，但是五年的婚姻沒了感情，也還是有道義的，所以雖然已經協議離婚，當她告訴他懷孕了，他依然同意繼續下去，給孩子一個家，也就是卉珊發現的情形。一個星期前，詹姆士得知妻子早就有外遇，追問之下，她承認孩子根本不是他的，這一回，兩人沒再協議，當下直奔律師樓簽了字。

「我在意的不只是你沒告訴我你已婚，我還在意你協議離婚前不久，你們之間還有親密關係，我不懂你究竟是怎麼看待感情的，你說你們早就沒感情了，但一樣可以上牀嗎？」卉珊說出她心中另一項不滿，當一個女人還願意說出不滿時，她已經部分原諒對方了。

「我們協議離婚那天，我的心情很不好，離婚是我太太提出的，那天晚上我喝了些酒，回到家我抱著我太太，那時的難過其實是沒想到當初愛過的女人，和自己走到如今這一步，我沒做什麼，喝醉了就睡了，我太太發現懷了孩子，她的男朋友無法離婚，所以她說孩子就是那天有的，我們已經半年沒有性關係了，但是她這樣說，我沒想到她騙我，以為自己喝醉所以不記得。」

卉珊問我，換作是我，我會再給詹姆士一次機會嗎？我很想說不會，無論如何他一開始隱瞞自己已婚的身分心態就有問題，他離婚前可能以這樣的姿態和很多女人調過情，他老婆受不了才發生外遇的，究竟何為因何為果？我們也不確定，但是我終究沒說出口，因為我知道換作是我，我會再給他一次機會，女人很難不給自己喜歡的男人多一次甚至多幾次機會，能做到拒絕再給機會有時是因為不夠喜歡他，而卉珊喜歡詹姆士，我知道。

這一回，卉珊又因為詹姆士來忙到無暇睡覺，但是她忘了要敷面膜，失而復得的愛情所帶來的甜蜜顯然比面膜更有效，卉珊的臉上洋溢光彩，不過詹姆士一回香港，她就立刻睡著了，足足睡了十二個小時才醒過來。

早上，我的節目又缺乏題目了，決定打個電話給南茜打聽八卦，也許可以增加些靈感。捱到十點一刻，南茜該起來了吧，電話響了五聲，有人接了，不過接電話的不是南茜，是大衛，聲音沙啞的打過招呼後，叫來聲音更沙啞的南茜，顯然昨晚大衛在這裡過夜，或者他根本已經搬過來住了，我們這年齡同居也不是什麼了不起的大事，但如果同居只是暫時，搬來搬去還是很麻煩。

南茜和大衛進展得十分穩定，或者現在他們是在試婚，很快我就有喜餅可吃了，我已經找到話題了：什麼樣的情況下你願意同居？我不需要再向南茜打聽影劇圈八卦，但是關於她本人的八卦，我還是要問清楚，所以我約了她一起午餐。

南茜戴著一付太陽眼鏡走進餐廳，影劇圈待久了，都學著這調調，現在才二月，太陽並不是很大，她點了凱撒沙拉和低卡可樂，她在減肥，我想到自己點的肉醬千層麵中的起士，不覺心虛起來，她拿下眼鏡，她有熊貓眼，該不是縱慾過度吧？

「大衛搬到我那去住了。」南茜自己招供了，喝了一口可樂：「他每天晚上拉著我看DVD吃宵夜喝啤酒，他才搬來半個月，我已經胖了一公斤。」

南茜說，大衛租的房子到期了，房東要收回，一時找不到適合的房子，南茜的住處離大衛公司近，大衛提議搬來一起住，反正有兩間房，南茜也正覺房租太貴，報社因為業績下滑取消了晚班津貼，她的收入少了好幾千，雖說是變相減薪，但景氣實在太差，也只好算了，大衛搬來分擔一半的房租，她也就沒壓力了。

算不算試婚？我問，不算吧，南茜答。南茜說兩人交往快半年了，大衛從未提過任何關於未來的事，南茜的年齡比大衛大，她更不願意提，擔心有逼婚的嫌疑，她說，很多男人害怕穩定，她不要給大衛壓力，如果有一天大衛想和她結婚，她要那是他真心的渴望，而不是兩個人在一起久了的責任，南茜要的是一個期待，而不是一個交代。

所以只是同居？我問，是為了省房租的室友，南茜答。我突然發現經濟不景氣可以是許多事情共同的理由。

卉珊原諒了詹姆士，並且訂了情人節飛香港的機票，南茜和大衛同居了，雖然現在還看不到下一步，但是至少兩個人都朝穩定的方向走，我呢？維辰的 Mail 愈寫愈簡短，他說是因為工作忙，下了班回到住處還要趕企劃案，天知道他趕企劃案時有沒有年輕的女助理陪在一旁，胡思亂想快把我逼瘋了，卉珊建議我打電話給維辰，提議在香港或澳門過情人節，也許卉珊這提議是對的，就像是上次去上海在維辰公司露面一樣，佔據情人節也有宣示主權的效果，我決定晚上立刻打電話。

維辰答應情人節和我在澳門相聚，他說可以安排兩天休假，情人節是星期五，中午我們在酒店碰頭後，直到星期一兩人各自返回工作崗位。我興奮極了，不知道自己的興奮是因為即將和維辰相聚，還是因為可以去澳門度四天假，這是我第二次去澳門，在書店找到旅遊書後，我迫不及待的開始規劃行程，議事亭前地散步、九如坊吃晚餐、旅遊塔看夜景……我的心中充滿計畫，只等到澳門實現。

情人節終於到了，十一點多我已經隻身出現在澳門文華酒店，維辰的飛機要到下午一點才到，我猜想他一到就會喊餓，飛機上的午餐不能算數，所以我決定不吃午餐等他一起飲茶，文華的點心很棒，我尤其喜歡水晶蝦餃，坐在酒店窗邊，我突然想起卉珊此刻正在香港，不免覺得疑惑，怎麼我們的戀情老是要相隔兩地。一點二十分，維辰拎著行李來按房間門鈴了，怎麼……怎麼這麼多行李？

不是只待四天嗎？維辰的行李多到讓人吃驚，我想就在付行李超重費的邊緣。

「我的老闆聽說我要來澳門，就託我幫他送幾件禮物。」維辰說。

為了趕在下班前將禮物送到，我和維辰坐著計程車跑了五個地方，情人節的下午，我連午餐都還沒吃，飲茶當然是取消了，我甚至開始懷疑維辰答應和我到澳門，究竟是陪我過情人節，還是另有任務，順便安撫我？

還好，接下來的兩天半，維辰總算是專心陪我了，聖地牙哥酒店喝咖啡、佛笑樓嚐焗蟹蓋、瑪嘉烈買蛋塔，最重要的是，他送了我一條單鑽項鍊，白金細鍊綴著一顆切割完美的三十分天然鑽，雖然不是鑽戒，雖然他沒求婚，但是我已經很滿意了。

從澳門回到臺北，我帶著還有餘溫的瑪嘉烈蛋塔直奔辦公室，一打蛋塔霎時分得精光，只留下空盒，琪姐一邊稱讚蛋塔好吃，一邊交代我隨她進辦公室，難道這兩天又讓她發現了我的錯處嗎？

「昨天，我沒開車，搭公車時覺得車上有個年輕人，一身菸味，大聲講手機，裝扮怪異，頭髮讓髮膠粘成一團，真希望這種人能消失不見，你知道嗎？這念頭出現時我就想，如果不搭公車搭計程車好些嗎？也不一定，我也常常希望計程車司機消失不見，自己開車時，又希望別的不遵守交通規則的駕駛消失不見，所以，問題在我，對不對？」

琪姐說了一大串，但是我一點也不明白，她說的話和我有什麼關係，她看我一逕傻笑，頓了一下，又繼續往下說：「應該消失的是我，今天我已經提辭呈了，以後你的主管會是誰我不知道，我想應該先讓你知道。」

我曾經聽別人說休個假回來，辦公桌就不見了，倒不記得聽別人說，休個假回來，主管就不見了。肯定眼前又將有一番變動，雖然琪姐脾氣不小，但是想到她有許多好處，我還是有些捨不得。

琪姐真的走了，節目還是要繼續，有人說她和老闆鬧翻了，有人說她被其他公司挖角，如果後者屬實，她卻沒從這裡帶人一起走，是不是她並未將我們視為班底？嫌我們不夠好，不如另行招兵買馬。

辦公室裡出現各種謠言，我依然進行著節目的錄製工作，直到暫代琪姐工作的節目部經理將我叫進辦公室說：「收視情況不盡理想，這個月又掉了零點二個百分點，公司基於成本考量，決定下個月推出新節目，所以節目錄到二月底為止。」

我的腦袋一片混亂，大約恐龍滅絕時，地球當時便是像我的腦袋這般模樣，茫茫然什麼也看不見。

我點點頭，在混亂中忽然出現了一個問題，於是我說：「有人接替琪姐的工作嗎？」

薇薇安，經理不假思索的宣佈，又意味深長的看我一眼，然後像是有人過生日說祝賀辭一般的說：「希望你們相處愉快。」

天哪，我所製作的節目停了，琪姐走了，這都還不夠糟，那個處處受老天眷顧的女人現在還成為我的上司了。一出辦公室，我還來不及宣揚，原來已經有人比我先知道，連新的八卦也出來了，神通廣大的薇薇安受到某食品廠小開的青睞，有巨額廣告業績做後盾，下個月同時有兩個新節目開播。

我該捲鋪蓋走路了嗎？琪姐被她鬥走了，我想薇薇安也並不希望我繼續出現在這間辦公室，剛過完年，果真是春寒料峭，南茜說，管它的，坐冷板凳也比沒板凳坐好，等找到下個工作再辭職不晚，卉珊則是反問我，維辰怎麼說的？我還沒告訴維辰呢，我打了電話去上海，他一直在開會。

晚上，終於維辰回電了，他聽完我的遭遇，停了一下，突然問我：「來上海吧，你願意嗎?我一直沒問你願不願意和我一起去上海,是因為你在臺北有你的生活,要你放下跟我走對你實在不公平,而且你也很喜歡你的工作,既然現在你不想待在那裡了,不如考慮看看?」

「跟你去上海?怎麼跟?」我故意問。

「嫁給我。」維辰終於說出這三個字了,雖然不夠浪漫,但是在我感到困頓之時,他的心意還是讓我感動。我其實很想立刻說好,但是又不願意讓他覺得我就是在等著他開口,所以我沒立刻回答。

「或者你需要再想一想?」維辰問,這是什麼話,他應該立刻保證會愛我一生一世好消除我的疑慮,而不是讓我再想一想,難道是他要再想一想?為了不讓他有後悔的機會,我說:「明天我就辭職。」沒有正面回答,但是他這輩子也別想賴。

提出辭呈後,我突然覺得輕鬆很多,雖然我的存款少得可憐,但是至少我不需要承擔辦公室裡種種不愉快的人事紛爭,我突然覺得未來有各種可能,有人說,當你握著手時,手裡其實什麼也沒有,但是放開手,你的手中就有了各種可能。

現在我的人生有了各種可能,但就是沒有按月匯進帳戶的薪水,在景氣如此差的時刻，我是不是太天真了？

為了快點開始新生活，我飛快完成所有已錄製帶子的剪接工作，我突然對自己的超高效率敬佩到不行，如果我早些展現自己的能力，也許今天升職的會是我也說不定，這念頭一出現，我趕忙喊停。為什麼我的腦子老是出現這些亂七八糟的想法，它們真是一刻不得閒的爭相往外冒。

薇薇安經過我的桌邊，看見因為打包而難得整齊的桌面，故意說：「失去一個好同事，真捨不得，要常常回來看看喔。」

因為不想回答，我索性裝作沒聽見，正好這時候電話響了，是卉珊打來的，明天是我上班最後一天，她和南茜約我一起吃晚飯，卉珊說：「只有我們三個女人，像以前一樣，穿上你最漂亮的行頭，明天六點我在你公司樓下等你。」

我不知道為什麼要特意打扮，不過是離職罷了，也許是卉珊訂的餐廳很正式，為了避免到時尷尬，我穿上藕紫色魚尾連身裙，配上紫藤花色澤的紗質圍巾，金色高跟鞋和同色系的刺繡珠包，把辦公室的人嚇了一跳，傍晚六點，卉珊的電話來了，我下樓一看，險些昏倒，來接我的是一輛加長型勞斯萊斯白色轎車，坐進車裡關上車門時，正好看見薇薇安睜大眼睛望著我。

「讓她忌妒你吧，她一定以為你飛上枝頭作鳳凰，所以不屑待在那家小公司。」卉珊說，這窗玻璃由裡看外很清楚，由外看裡卻什麼也看不見，薇薇安一定以為來接我的是多金男。

「為了幫我爭面子，這車租金很貴吧。」我問。

「這是我尾牙抽到的獎品，五星級飯店一夜住宿加上禮車接送。」

卉珊帶我進入房間，南茜已經在房裡等待，沒有正式的餐廳，晚餐就是南茜帶來的香檳、披薩和炸雞，還有完全放心的放縱，房裡只有我們三個人，而等著我們揮霍享受的，是一個完整的長夜。

朋友，就是這樣懂得你的心情，比情人還要貼心。

雖然朋友比情人更貼心，但是如果說到結婚，還是需要情人的存在，朋友無法給你的，大概就是婚姻吧。然而我真的想結婚嗎？尤其是在失業之後，我是不是為了解決一個問題，所以才做出這樣的選擇呢？我承認原本我很希望維辰向我求婚，但是我所設想的不是今天這樣，失業的我到上海投奔他，生活會快樂嗎？

我有一大堆的疑問，不知道去哪裡要解答。人生中其實絕大多數的是沒有標準答案，學校教育最失敗的部分就是花了十幾年功夫讓學生以為所有問題都有答案，然後又得再花十幾年認清適用於別人的答案，不見得適用於你，此時你的人生已經過了一半。

南茜卻在此時提供了我一個意想不到的好機會，有一個公司要拍攝系列介紹大陸風貌的節目，需要一個執行製作兼攝影，願意長期待在大陸，工作據點便是上海，真是太適合我了。南茜誇張的說，簡直是為你量身打造的。一切談妥後，下星期就出發，我慌張的開始打理行李，連速食蚵仔麵線也往箱子裡塞，南茜不解，她說你平時很少吃這個啊，對沒錯，在臺灣也許不想吃，離開臺灣就會莫名其妙的想，人就是這樣。

可以先解決失業的窘境，同時免除和維辰相隔兩地，又不是用婚姻這個方式，真是太完美了，我覺得自己好幸運。卉珊依然和詹姆士進行著長距離戀情，每個月相聚四天，卉珊說她愈來愈覺得這種型態很適合她，南茜則說她還是偏好居家型男人，回了家有個溫暖的胸膛，就連汗臭味聞習慣了，都讓人覺得有安全感。

看來，大家都有了自己想要過的生活，就在一年前情況還不是如此，真是應了那句老話，你永遠不知道前面等著你的是什麼，很可能就是你期待的幸福。

終於要出發去上海了，我的兩隻行李箱險些超重，不能直飛實在費時費錢又麻煩，但是行李託運完畢，想到可以空著兩隻手逛香港機場的免稅店，狠狠的瞎拼一番，又覺得過癮極了，果然我在香港大有斬獲，一枚施華洛世奇的鳥型水晶別針、一瓶古奇男用香水給維辰、一組蘭蔻最新春季色彩唇蜜、一條披肩搭配同色緞質手袋，直到最後登機召喚的廣播出現，我才拎著購物袋飛快跑上飛機。

飛機緩緩駛離空橋，駛向跑道，飛向天際，機長開始廣播了，天氣良好，目的地昆明的地面溫度為攝氏二十度，昆明？這班飛機是飛往昆明的？我上錯飛機了？天哪，這下怎麼辦，飛機上不能打電話，待會兒維辰根本接不到我，他一定很著急，我能訂到今天從昆明飛上海的機票嗎？大概不能吧，到昆明已經是下午四點了，再說，既然已經到了昆明，怎麼甘心不看看昆明的模樣？乾脆過兩天再飛上海好了，就告訴老闆機位很滿，我那胡思亂想的本領還是一樣的好。

就在此時，空服員輕聲問我，要吃豬排飯？還是海鮮麵？我隨便點了一樣，反正飛機餐一樣難吃，接著我問幾點到昆明？空服員的表情看起來很吃驚，她說，這是飛上海的班機，上海？我沒搭錯飛機，我恍惚想起剛才似乎打了個盹，所以是作夢了？我突然有些失望，沒看到昆明，吃著海鮮麵的我笑了起來，這就是我，有些糊塗，不夠聰明，但這就是我，我已經習慣的我。

三民叢刊

小說精選

248 南十字星下的月色　張至璋 著

兩百年前，十字星引領英國人來到南方大陸；兩百年後的華人，則靠著心中的指針移居至此。星空中月色恣放，離鄉移民的辛酸與省思，是篇扉間最動人的一道光芒。

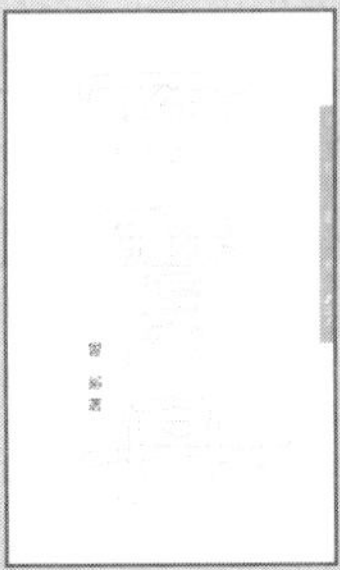

233 百寶丹　曾 焰 著

一部結合中國傳統藥理與鄉野傳奇的長篇小說，一個際遇不凡的傳奇人物。且看身世坎坷的孤雛，如何歷經幼年的變故、青年的恩遇、成年的愛恨，終於成為濟世名醫。

225 零度疼痛　邱華棟 著

本書精選青年小說家邱華棟短篇作品，透過對今日城市青年所遇到的情感、道德與金錢問題，以及城市生活對青年人的異化和威壓，探討年輕人的情感困境與精神的無所適從。

208 神交者說

虹影 著

虹影其人正如同其筆下的女性，她的作品總是隱隱透著半自傳的味道，筆觸卻又極其輕靈、冷靜，似真疑幻地審視著女性的生活、女性的情感、女性的欲望與反動。

●其他小說：帶鞍的鹿、風信子女郎。

205 殘片

董懿娜 著

人是只生有一個翅膀的天使，唯有互相擁抱才能自由飛翔。女性的命運，是斑駁世界最真實而充滿質感的一種折射，對她們飽含意味和深情的關注，就是對生命的一種眷戀和好奇。

200 再回首

鄭寶娟 著

十四個人性抒情的短篇，寫尋常人、正常人生命中的乖舛時刻，不流於哲人式的標高與空泛，重新回到傳統小說對現實人生的深刻注視，將所有的悲哀與缺憾反覆掂量撫觸。

●其他小說：抒情時代。

198 銀色的玻璃人

海男 著

一管漆黑的薩克斯風吹奏的樂曲，一段不為人知的不了情，循著四月天的癌症病房，發生在病人與女醫生之間。

●其他小說：蝴蝶涅槃、懸崖之約。

195 化妝時代

陳家橋 著

「我」，現代社會中最基本的生命原型；他所遭受的審判、試驗與思想囚禁，揭示了世紀末信仰危機的深層之外，一種更強硬的外部壓制——那將是下個世紀某些人本衝突的引子……

168 說吧，房間

林 白 著

這是一部關於當代職業女性的小說，表現了她們在社會轉型中所承受的壓力，她們的創傷與隱痛、焦慮與呼喊、回憶與訴說。以精細的身體感受出發，直達當代女性心靈的最深處。

139 神 樹

鄭 義 著

大山深處，一株從不開花的神樹忽然開花，亡靈紛紛從荒墳爬出，在村中四處遊走。一個村落、一棵「神樹」，具體而微地映現當代中國的重重劫難。

122 流水無歸程

白 樺 著

流水無歸程，說的不是流水，而是像水一般流逝的人，和關於人的似水流年。出身和門第，肉體和靈魂，泡沫浮起的掏金夢，為野蠻資本聚斂所造成的腐敗，平添粉紅和死灰的色彩。

●其他小說：沙漠裡的狼、陽雀王國、哀莫大於心未死、遠方有個女兒國、溪水，淚水。

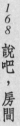

國家圖書館出版品預行編目資料

走出荒蕪／楊明著.－－初版一刷.－－臺北市：三民，2004

面；　公分－－(三民叢刊:288)

ISBN 957-14-3973-8　(平裝)

857.63　　92022061

網路書店位址　http：// www. sanmin. com. tw

© 走出荒蕪

著作人　楊　明
發行人　劉振強
發行所　三民書局股份有限公司
地址／臺北市復興北路386號
電話／(02)25006600
郵撥／0009998-5
印刷所　三民書局股份有限公司
門市部　復北店／臺北市復興北路386號
重南店／臺北市重慶南路一段61號
初版一刷　2004年1月
編　號　S 811210
基本定價　貳元陸角
行政院新聞局登記證局版臺業字第〇二〇〇號

ISBN　957-14-3973-8　(平裝)